作者近照（2021 年 11 月 8 日于河北固安）

一剪风烟

刘艳芹/著

中国文联出版社

图书在版编目（C I P）数据

一剪风烟 / 刘艳芹著. -- 北京 : 中国文联出版社,
2021.12
ISBN 978-7-5190-4757-3

Ⅰ. ①一… Ⅱ. ①刘… Ⅲ. ①散文集－中国－当代
Ⅳ. ①I267

中国版本图书馆 CIP 数据核字(2021)第 250440 号

著　　者　刘艳芹
责任编辑　阴奕璇
责任校对　祖国红
装帧设计　肖华珍

出版发行　中国文联出版社有限公司
社　　址　北京市朝阳区农展馆南里 10 号　　邮编　100125
电　　话　010-85923025（发行部）　　010-85923091（总编室）
经　　销　全国新华书店等
印　　刷　中煤（北京）印务有限公司

开　　本　850 毫米 x 1168 毫米　1/32
印　　张　7.5
字　　数　119 千字
版　　次　2021 年 12 月第 1 版第 1 次印刷
定　　价　59.80 元

陌上花开，轻吟浅唱

——为刘艳芹散文集《一剪风烟》做序

关于这本散文集的书名，艳芹之前曾和我做过多次探讨，终因不符合作品整体格调和内容，被我们一一否掉，直到她最后提出《一剪风烟》这个名字，我几乎没有犹豫，表示非常喜欢，完全认可之。

可以说，我和艳芹的缘分源于大学时代，那时我们同桌，且睡在上下铺，彼此之间无话不说，不是姐妹胜似姐妹，直到工作后的这么多年，我们也一直保持着密切的联系。她的前两本诗集《陌上春几行》和《忽如故人来》，当时她也希望由我来做序，原因只有一个：纪念我们的青春和珍贵的友谊。由于种种原因，未能达成心愿，实属遗憾。所以，为她这本散文集做序，我欣然应允，特别想写点什么，某种意义上，也是写出自己的心声。

或许，文学的情结是与生俱来的。大学的时候，艳芹就是一个酷爱写作的女孩，那个时候，她写的诗歌和散文，大多以日记体的形式记录下来，直到现在，那些日记依然被她珍藏着。在网购图书还没有流行前，她几乎每年都会到北京西单图书大厦去买书，一买就是几十本，直到她拎不动为止。读和写，成了她生命的重要组成部分，无可替代，雷打不动。

这些年，她一直在文学这片圣土上努力耕耘和追索，脚踏实地，一步步实现人生和自我的突破，并取得了自己的一席之地。《一剪风烟》是她第一部独立成册的散文集，顺序记录了2016至2021年期间的心情美文、生活悟道和随笔。清新的风格、隽永的文笔、空灵的想象，让一个灵魂生香的女子跃然面前，渐次走进读者的视线。近年来，她的诗歌和散文不断见诸报刊和网络，她是一个优秀且备受大家喜爱的诗人，她以惯用的诗性语言素描生活，以女性独特的视角观世界、阅人生、看自己，时而对一花一木赞美和抒情，时而对生活、生命深刻洞察和解析，时而对光阴流逝感慨和追念，时而对唯美爱情向往和呼唤。然而，她的作品又不啻于抒情，很多时候，她借物喻人，对社会正能量积极引导和传播，柔中带刚，给人以深刻的教诲和启迪。

散文的写作，贵在形散而神不散。细品全书数十篇作品，洋洋洒洒，极尽抒怀之能事。不管草木春秋、飞沙走石、抑或她自己看到和经历的点点滴滴，作者通过对生活和生命的深刻洞悉，通过对善良的写意，讴歌生命的真善美，并以此召唤人们珍惜时光、珍惜生命，珍惜生活中一点一滴的爱和暖，这也是全书的主旨和核心所在。缘于此，作者的情感表露几乎无处不在。在《留住感动的瞬间》一文里，作者这样写到："生命中，我们或许做不到显赫和达观，但一定要心存感动和善念；我们或许不够深邃和高远，但一定要懂得感恩和惜缘；或许我们只是一颗风中的尘埃，但一定要在漂泊中彼此携手向暖。"在后来的一篇《善，人性的大美与光辉》中，她通过对女儿平日里的生活记录，书写善良，讴歌人性的光辉。这篇可以说是《留住感动的瞬间》的姊妹篇，从内容到表现形式上，取得了异曲同工之妙。文字是灵魂的外化，洞悉生活的作者，正是怀着一颗悲悯之心，笑纳一切，她没有否定生命的不完美，而是积极地面对，不妥协，不退却，用善和美诠释着生活，承载着对美的追求和向往。

通读全书，作者的艺术手法，表现在写作风格上，应该说是空灵的、禅意的、唯美的。首先是这本散文集的书名《一剪风烟》，可以理解为作者个人，也可以理解为生活乃至生命本身。她在后记里这样写道，"如果可以选择，如果一定要我选择，此生最倾心之物，当是天空下的一剪风烟，这是大自然赋予我的最好的礼物，也是生命最高的馈赠。风无言，道尽世间种种，烟缥缈，成全所有的结局。世间的每一个瞬间，都逃不过风的眼睛，那么，何须多言，做一剪孤烟吧，在黄昏落日之下，安静地盘点所有经过的美好，无需铭记，也无需遗忘。”这种写作手法，在书中的另外几篇文章中表现得尤为突出，如《莲骨，清秋里的禅境》《落雪听禅》《汉韵万方，我愿做风中一枝莲》《落，生命的禅意之美》等，都是以空灵的笔触展示自然之美，以物喻人，抒发内心的美好情愫。而婉约，是她文字的另一大特色，笔到之处，无不柔风弱骨、粒粒含情。如，《月半弦》里就有这样的书写，“来时，或是一只孤独的帆，注定要在这个世间摆渡一场浮华和盛宴，而流光易散，谁能看到遗世的背影里，满载了尘世的婆娑和缱绻，一阕阕，清幽如莲。归去，许你一盏月半弦；茫茫苍穹，一半风烟留作前世的念，一半清辉化作阶前的暖。如此若安，你可愿？”诗意的表达、婉约的抒情，空灵的想象，在她的文字里达到了完美的统一和融合。她在写作上不追风、不媚俗，始终葆有自己独立且独特的思维和风格，我们读她，更多的时候，感觉是在读自己，读人生，自发地融入，自觉地共鸣。看似小众的文字，却是写出了不同凡响的手笔。

在语言运用上，作者善于用通俗的语言，表达深刻的内涵。艳芹的文字，不管是诗歌、散文还是文学评论，她善于运用通俗的语言直抒胸臆，寥寥数语，即能道破文字背后的深意。如《坚守内心的风景》这篇散文，作者通过直白且深刻的悟道，阐述了生命的至高境界。“只有坚守内心的风景，才能穿过熙攘的人群，看到远山的一丘之魅；才能在万顷桐花中，一眼觅到卑微的小草；才能在漫漫旅程的跋涉里，阅尽苍茫，依然默许内心的清明和永恒；才能让灵魂站在殿堂之外的塔尖上，仰望黎明的万丈霞光。每个人的内心，都有一片风景，而淡定和从容，会让这片风景愈加妩媚和明丽。我们深知这个世界的不完美，依然选择善良和宽容；我们一路追寻，一路迷茫，依然愿意相信，爱是拥抱众生的暖；我们历经花落花开的得失和无常，依然期待：春起时，香满径。”至真至美，至纯至净，她对生命的热爱与敬畏，虔诚和笃定，仰望和期许，在文字里一览无余。

不难看出，作者也常常运用虚实结合、现实主义和浪漫主义相结合的手法，穿行于文字中，得心应手，仿佛行云流水般游刃有余，这是作者的高明之处，也和她多年来的潜心创作有关。写作时，她对自己是严苛的，严谨到每一个段章，甚至每一个字符，她都会反复字斟句酌，直到满意为止。艳芹有诗人的眼睛，散文家的笔触，她是真正的把生活过成了诗，比如，她对大自然一花一木和四季的更迭，她从不吝惜赞美，如《花又开》一篇，她这样写到，“梦，划过春天；风，吹旧流年。来年三月，再遇见时，只期站在你遥遥的目光里，轻轻挥手，待你每一朵颤动的微笑摇落风，也摇下我缤纷的诗句，送给身边的流水，以及每一个过路的人。”这一段落，作者即运用拟人的手法，虚实并进，写尽玉兰之美。后期的几篇，如《春归，溪梦桃花源》《晒秋》《静默的梧桐》《寂静的滨河》《雪落无声》等，因其唯美的写意，令人生出无尽的想象，曾多次上过百度热搜，成为读者关注的焦点。

有人说，她的文字凉薄，时而露出淡淡的忧伤，有人说她的文字清新，如晨露般晶莹剔透，映着昨日的影子，也闪烁着今天的光芒。从古至今，生命不就是由过去一路走来、向现在和未来延伸吗？透过文字的表象，我看到最多的是她内心的恬适和从容，以及对岁月静好的坚守，还有对未来美好的憧憬。我想说，她是陌上花，在阳光下轻吟浅唱，是一剪风烟，于天空下自由漂泊。

功夫不负有心人。近年来，艳芹的诗文在多家报刊和网络平台公开发表，得到了业界的广泛好评与高度认可，她的粉丝量也随之不断飙升；她的作品在各类大赛中荣获一等奖、二等奖等殊荣，去年还相继被《北京文学》《作家文摘》发表和转载。

之于此书，还有许许多多可圈可点之处，因篇幅所限，我不能一一例举，还是把更多的留白交给亲爱的读者朋友吧！至此，终于圆满了我们共同的心愿，为她的新书即将付梓而高兴，也为给她的新书做序而欣慰。祝愿艳芹在文学之路上越走越远，祝愿她创作出更多更美的作品。最后，以她的《愿余生所念，寂静欢喜》做结尾。“我愿，你路过我时，轻烟绕梁、流水琳琅；我愿所念寂静、风儿无声；我愿你是欢喜的，每一朵花儿是欢喜的，山那边的琴音亦是欢喜的。我愿人间万物饱含温暖，就像时光里初初的遇见。”

感谢出版社领导和各位编辑老师的大力支持与帮助，感谢为此书出版付出努力的各位同仁，感谢每一位走进《一剪风烟》的朋友，感谢生命中所有的遇见！

美文共赏析，愿此书带给大家美的享受。

孟兰云

2021 年 3 月 30 日

目　录

光阴的味道

◆ 2016 ◆

光阴的味道 / 你从陌上走来 / 风中的尘埃 / 挑战不可能 / 留住感动的瞬间 / 中华情 · 台湾行 / 月半弦 / 清风不暖指尖凉 / 路过心上的句子 / 风中的呢喃 / 一夜东风已成昨 / 杏花烟雨共梦人 / 花又开 / 坚守，内心的风景 / 老茶壶里的光阴 / 静 · 私语 / 似虚拟 / 陪伴 / 马背上的童年

光阴的味道

“还是以前的味道吗？”孩子不经意的一句话，让我一时语塞，不知如何回答才好。

记得上次去四川，是在2002年的7月。那时我还在单位上班，为谈一桩个人的生意，特意向单位请了3天假，匆忙飞往成都，之后又去了邛崃。短暂的旅程中，客户朋友带我们去了成都的几个景点，品尝了当地的特色美食。说实话，那次川行，确实有些意犹未尽，但时间有限，还是按原定计划在第3天飞回了北京。

直到几天前，我带着孩子又一次来到了美丽的成都，时隔整整13年。因这次旅行纯属度假，脚步自然放慢了许多。除了重温上次去过的武侯祠，这次又去了锦里、杜甫草堂、四川博物院等。其间，让我记忆最深的还是成都的宽窄巷子，一张张铺子文艺复古，一条条巷子风情浪漫，一方方美食色香诱人。

那天，当我步入巷子，走过美食街，再次看到门楣上悬挂的“肘花汤”这个名字时，不由自主地跟着人群走了进去。因为上次来成都，在第 2 天的早餐上，朋友也是宴请我们品尝这款特色美食。不同的是，那次我们去了成都街头的路边小店，而非这里的美食街。也许是怀旧，不仅是对当年那碗“肘花汤”的怀念，还有对当时一路陪伴我们的友人、蒙蒙的细雨、葳蕤壮观的芭蕉林的思念。此时此刻，竟有一种穿越的感觉。于是，也就有了文字开头的那一幕。

我在想，美食的味道，其实真的很像光阴，时隔多年，美味没有变，变了的只是心情、风景，以及陪你看风景的人。

不是吗？当年的我，步履匆匆，来不及欣赏沿途的美景，就匆匆离开；而现在，可以携一份悠然和雅兴，再次来到美丽的古城。是旧地重游，还是故人归来？似曾相识花落去，此时，我居然有一种莫名的伤感。

这些年，走遍名山秀水，听尽涛声云语，也在用心丈量时间的距离。一寸一寸，每一次的徒步，都是灵魂的洗练和升华；每一场的触摸，都有深深的感动和不舍。也更加懂得，光阴之于我们，可以很远很远，也可以很近很近。

多少次曾经的相遇，多少个寻常的画面，多少座熟悉又陌生的城市，多少个擦肩而过的路人，都在渐行渐远的日子里，被流年淡化和风干，直到了无踪影。

有句名言说：人不能两次踏进同一条河流。那么，若干年以后，当我再次来到古城，踏进这条巷子，此时的阳光还在吗？这里的风景，是否还葆有年轻的柔软和感动？

或许，真的有那么一天，当我再次重游蜀地，巷子的一切都在，只是黄昏的斜阳更斜，店主的叫卖声也会由清脆变成沧桑。那时，如果孩子还来陪我看巷子，再次问起我对美食的感觉，我会告诉他，这是光阴的味道。

你从陌上走来

9 月，你从陌上走来，携一缕柔柔的风，烟视媚行，浅笑而来。我回眸、驻足，一刹那恍惚，一刹那惊艳，仿佛一位久别的故人，在四目相接的瞬间，就有了流泪的冲动，就有了拥抱的渴望。

是你吗？真的是你吗？我等了太久太久，此刻，竟无语凝噎。视线里的你，着一袭绿裙，漫身的芳华，处处洋溢着春的气息。原来，你从陌上走来，阅尽千帆，历经烟雨；陌上花开成海，陌上春色几行，陌上锦瑟如禅。站在陌上看彼岸，时光几许？你说：走过春的清新，夏的浓烈，秋的韵致，冬的庄严，就会收获四季旖旎。原来，生命是一个传奇。

难道我们的相遇也是一个传奇？我不想说，也不愿说，多少个晨起暮落的日子，我们的目光默默地交会；多少个月朗星稀的夜晚，我们的灵魂彼此濡湿；多少次风雨兼程的邂逅，你为我无声地擎起一片天；多少个迷离徘徊的驿站，你为我点醒一指苍茫。

是空灵、缱绻，也是缥缈、缠绵。红烛下、西子岸，我们曾经漫步流年的沙滩；菩提旁、佛案前，也曾许下相约的誓言。光阴里，可有佳景负了流年？那些故事里的暖，都化作日子的点点清欢。

所有的断章，都会渐行渐远；所有的繁华，也只是漫漫长路的昙花一现。对岸，不管时光在与不在，经年，总会葆有一抹柔软，在你看不到的地方，在每一个淡泊琉璃的日子里，为你轻舞翩跹，细语缠绵。

如果有一天，枝头的春色远去，陌上的你，是否还会姗姗而来，为我眉黛梳妆，妩媚银簪？或者，化作佛前守候的青莲，在每一个相思的日子里，悄悄地潜我梦里，诉说离念。

秋，像一片欲说还休的心事，而你却在这朵心事里，轻轻捻起一抹朱颜，你说陌上的天很蓝，陌上的云如烟，陌上也有花如禅。

风中的尘埃

从春天到秋天，从盛夏到光年，从此岸到彼岸，我们走过孤单、走过冷暖、走过一场场悲欢和聚散，也走过心的缱绻和柔软。从繁华到简单，从激越到平淡，我们渐渐地懂得了生命的缘起缘散，都不过是漫漫旅途的昙花一现。曾经相遇的驿站，漫不经心的笑谈，也在一点点老去的记忆里，沉淀成褪色的风景，而风景中的你我，早已看不清彼此的容颜。

一路的跌宕和起伏，无声的缠绵和眷恋，早已化作风中的云烟。时光对岸，我们驻足回眸，微笑挥手，掩起内心的一盏盏清欢。陌上春行，我们拾捡流年的诗函，一阕阕、一笺笺，附着在心的晴窗，闲来听风，坐看云起。

流年里的风景，风景里的故事，故事里的片段，不知氤氲了多少执着和不舍，让情节里的你我禁锢了一世的爱和恋。而哪一场盛开，才是拥抱灵魂的暖？或许，故事永远没有结局，只要你愿，它一直都会做你的开篇，其实，我们也只是童话故事的不同翻版。

心若菩提，花开如禅。我们常常在不经意地转身时弄丢自己，弄丢时光回廊里的一盏盏笑颜。每一次擦肩和遇见，每一场相逢和离岸，由近到远、由浓到淡，我们一点点和自己走散。谁说青春不会散场，其实我们一直不舍那年那月那禅那莲。

红尘熙攘，我们不过来赴一场盛宴。浅笑登场、妩媚妆颜、杯风酒盏，谁问清欢？青春，到底还是输给了流年。

来也从容，去也从容。古道长亭的寒烟，荒芜了多少离人的念，一行行，渐行渐远。

俯身，时光在脚下起舞翩跹；遥望，流年在那头挥手寒暄。光阴里最初的誓言，也在曾经相约的地方，披一件破旧的衣衫，若隐若现。

风，总是无言。穿越千年，看繁华万盏；过尽千帆，赏岁月忘川。

原来，我们也只是风中的尘埃，一路走来，寂寂向暖，听红尘梵歌，看风景走远。

挑战不可能

刚刚看过撒贝宁老师主持的节目《挑战不可能》，节目讲述的是一位老人成功挑战攀岩的故事。若不是亲眼看见，谁会相信一位66岁的双腿截肢老人竟会挑战成功。这位老人名叫夏伯瑜。1975年，在中国国家登山队挑战珠穆朗玛峰的时候，26岁的他有幸被选中，并参加了这次里程碑式的攀登。可就在距离珠峰200多米的地方，不幸发生了。一场飓风，将同行的一位队友的睡袋掀飞，在8000多米的高峰上，我们能想到睡袋被掀飞意味着什么。就在这紧要关头，夏伯瑜老人将自己的睡袋让给了队友。后来，就在他躺在病床上接受截肢手术的时候，收音机里传来了捷报：中国国家队成功挑战珠穆朗玛峰！

40年过去了，可以想象，夏伯瑜老人是在怎样的心路历程里，走过这漫长的一天又一天。今天，当我在电视里看到他伟岸的身躯，微笑的面容，看到他戴着假肢，自信而从容地站在荣誉殿堂的时候，台上所有的评委哭了，我也哭了。也许，正像他的队友所说，夏伯瑜的荣誉殿堂不在这里，而在8848米的珠峰峰顶。

每个人都有自己的梦想和渴望，每个人都有自己的目标和追求，但不幸和意外随时都可能降临到每个人身上。在灾难和痛苦面前，有些人一蹶不振，从此终身颓废；而有些人，却不甘命运的摆布和安排，孜孜以求，以常人无法想象的努力和拼搏，活出了独属于自己的精彩。

人生一世，不是每一个美好的愿望都能如愿以偿，不是每一次的适逢其会都会有最后的花好月圆。在漫漫的生命旅途中，我们会不停地经历生离死别，爱恨情愁，会随时随地地面临突如其来的无常和不幸，所以，我们更要在四季变换的风景里，风雨兼程，一路向暖。

此时，我想起了这样一句话：当你抱怨自己没有袜子的时候，想想有人还没有脚。也许，现实里的我们太过悠然和自我，我们自以为是地看破红尘，我们过多地埋怨和矫情，我们自恃清高地不屑浮华，我们麻木和苍白了青春的梦影。到头来，有几人能无愧地对自己说：这个世界，我来过。

可能，不可能；不可能，可能。生活中，我们不时地面临各种各样的机会和挑战，或许，身体的挑战只需不懈地坚持和努力就能成功。那么，灵魂的挑战，是否也能让我们把一次次的不可能变为可能？历经蜕变之痛，方能羽化成蝶，应该说，一切皆有可能。

有位大师说过，人生有三层楼。第一物质，第二精神，第三灵魂。在物质极大丰富的现在，我们或许更应加强精神和灵魂的修为。只有灵魂站在一定的高度，我们的内心才会丰盈，才会氤氲丹桂般的琼浆，行止才会受人青睐和敬仰。

挑战不可能，始于心，源于念。心存美好，懂得感恩；宽容豁达，舍得放下；忘记小我，超越自己；一切的不可能，都会变为可能。

留住感动的瞬间

小区附近的审美造型，是一家经营了多年的老店。在没有加盟审美之前，老板的生意一直是风生水起，直到现在，依旧红红火火。可这位帅气的发哥老板，却有一个脑瘫儿子。我每次经过时，都会听到店里传出的经典老歌，悠悠怀旧，也常常会在这样的氛围里，看到这样的一幕：爸爸将坐在轮椅上的儿子抱到店外，一口一口地给儿子喂食，眼神里满是温柔和期待。据说儿子已经二十多岁，可从我第一次看到，一直到现在，这样的场景从未间断过。

我在想，这位伟大的父亲，尽管是在恪守一份为父者的责任，但他明明知道孩子没有任何希望，却数十年如一日地担起此任，真的是在用心诠释着生命的爱与博大。

此情此景，也总会燃起我内心叠加的感动和温暖。在今年夏天的一次旅行中，我在机场等候提取行李，或许是因为两个行李箱太重的原因，一时未能拎起而被旋转台转走，众目睽睽之下，一位高大威武的老外帅哥上前一一取下，而后双双放到我身边。小小的一个瞬间，顿时让我内心潮湿。感动的瞬间，来不及寒暄，我默默地看着他的背影走远，只想说：好人一生平安！

在当今这个物欲横流的时代，人们内心深处的芳华和感动，正在被尘世的喧嚣和浮华一点点淹没和覆盖，价值取向也在不断地向传统的伦理和道德提出挑战。纷扰和熙攘中，有人向左，有人向右，有人却站在岸边静观渔火，独钓清欢。

或许，我们只是一群被光阴搁浅的边缘人，在烟火琉璃的日子里，看时光走远，享岁月静好；或许，悠然恬适的日子里，我们更多的是在自己的世界修篱种菊，羽化风烟，因而淡泊了身边的感动和温暖。

其实，不管浓烈或清淡，日子里的感动总是无处不在，独舞翩跹，偶尔念起，就像春天的栀子花开，刹那间惊艳，那盈盈的暖，一瓣一瓣地舒展，在眉梢、在指间，在心的每一方缱绻和柔软。

寻常的日子，我们远离了繁华万千而甘愿平凡，只期拥有一米阳光下的爱与暖；菩提烟火，我们不慕桐花路上的阕阕梵歌，宁愿选择寂寞和孤单。一路走来，我们心怀感恩和美好，我们铭记风景里的一帧帧感动和温暖，我们用心临摹每一阶故事里的精彩瞬间。

不想说感动，却一次次被温暖催生泪水；不想说感动，却一次次为善良俯首低眉。

生命中，我们或许做不到显赫和达观，但一定要心存感动和善念；我们或许不够深邃和高远，但一定要懂得感恩和惜缘；或许我们只是一颗风中的尘埃，但一定要在漂泊中彼此携手向暖。

感动，在每一片静谧的落叶，每一抹黄昏的夕阳，每一盏浓浓的茶汤，每一瓣淡淡的花香。感动无言，却在光阴里轻轻地植下馨香与温暖；感动是禅，只在此心安处默默地书写清欢。

中华情·台湾行

——读袁本立老师《中华情·台湾行》有感

说实话，对于游记性的文字，我向来很少问津。不是不喜欢这种体裁，而是有些感觉一直左右着多年来的阅读习惯，那就是：再好的风景，不管别人讲得多么诱人，多么绘声绘色，也还是百闻不如一见。

这次偶得袁本立老师的新书《中华情·台湾行》，蓦然间被作者独到的文笔深深吸引，置身其中，竟然感觉不出是在单纯的文字里行走，而是在 2011 年的 11 月 11 日，随作者一行，从大连出发，到台北的桃园机场下机，一路行走，一路感受宝岛的风土人情，自然美景。也许和我几年前去台湾旅行有关，总之，得到新书的第一时间，仿佛一段旧时光失而复得，小小的惊喜竟也油然而生。

这本书之所以如此吸引我，不只是因为图文交相辉映的视觉美感，让人如临其境，更多的是作者细腻的文笔，如话家常，让人感觉如此平和和亲切，这不仅体现在作者每一餐、每一寝、每一程、每一思的画面描述，竟是如此生动而清晰，更值得我们品嚼和欣赏的，也许正是这些朴实无华的文字，向我们零距离地传递着宝岛的一风一雨、一颦一笑。

或许，游记的魅力正是在于作者细致入微的观察和写真，但我想说，像本书作者如此悉心而深刻的捕捉，实属罕见和难得。在《台北故宫博物院》一章，光是对镇宫三宝的描述，就已经让人目瞪口呆。从历史出处，到文物的颜色、规格、肌理、组成，简直是惟妙惟肖；这一瞬间，也让我在几年前参观此地的模糊印迹，一一复活。

说起宝岛，自然会想起当年红极一时的甜歌皇后邓丽君，这也是本书浓墨重描的很大一部分。作者将邓丽君的出道、恋情、辉煌、低谷、愿望、陨落，娓娓道来，让我们看到了幕后真实而坎坷的一代歌后。此时，除了为红颜薄命而心生感慨，也为作者尘封30年的谜团，终于有了拨得云开见日出的欣喜而深感欣慰。

从台北故宫博物院到101大楼，从太鲁阁公园到北回归线，从阿里山到日月潭，8天的台湾之行，作者收获的何止是镜头下的一帧帧风物、一片片光景，更多的是对于这片土地深情的热爱和眷恋。

原来太平洋竟可以触手可及，原来北回归线不再是遥远的彼岸，原来宝岛一直牵引着我们每一个炎黄子孙的梦，原来这里一直饱含着浓浓的中华情。

月半弦

这世间，有多少人始于初见，止于终老，又有多少人擦肩相视，转身即成过眼云烟。

白落梅说：世间所有的相遇都是久别重逢。那么，我们曾经在哪里别过，相隔久远，又莫名地来此相逢。是似曾相识，还是三生石上早已铭镌了彼此的誓言，相约携手，共赴一场今世的佳宴？漫漫流年，也许每一场相遇都绝非偶然，只是这一花一蕊的背后，我们却无从知晓因果，更无从参透其中的缘。

曾经，我们期许，在最美的年华遇见最美的人；曾经，我们感叹，人生若只如初见；曾经，我们执手风烟，在经年里写下年轻的眷恋。只是，每一次的遇见，每一次的浅笑朱颜，最终沉寂为万千繁华的昙花一现，从此，流年辜负了佳景，故事里徒留片段，寻常的烟火里，再也没有了最初的惊艳。

一念咫尺，一念天涯。人间多少爱，迎来浮世千重变，这其中的玄机啊，这解不开的禅。

也许，生命本身就是一种缺憾；也许，缺憾才成就了永远。花开是缘，花落是禅，只是缘起缘落间，隔了一段幽婉，更隔了一场清风和细雨的缠绵。

半暖时光，握茶香一盏，书流年冷暖，看飞花流烟，听斜阳掩卷。可红烛诗笺下，谁能千里迢迢，涉水而来，悠然于你的花间小令？暗香蝶舞里，哪一片风烟可以驻足，对影眉间的月高云远？

流水潺潺，终是空了一世柔软。风一程，雨一程，来一程，去一程，时光对岸，像一条没有尽头的路，只有灵魂站在原点，一边叹息流年缱绻，一边静看光阴走远。

青花一瓣，不改远古菡萏的幽婉；指间柔风，最是繁华过尽的琼香万盏。

来时，或是一只孤独的帆，注定要在这个世间摆渡一场浮华和盛宴，而流光易散，谁能看到遗世的背影里，满载了尘世的婆娑和缱绻，一阕阕，清幽如莲。

归去，许你一盏月半弦；茫茫苍穹，一半风烟留作前世的念，一半清辉化作阶前的暖。如此若安，你可愿？

清风不暖指尖凉

沉默，才是最长情的告白。我不说，是想让你用心懂得，最美的风景不在路上，而是内心开出的一朵朵花儿。

不期天长地久，不许地老天荒，每一场聚散，都是万千繁华的昙花一现；萍水相见，岂知是劫是缘。

故事里，我们都是受伤的孩子，你常常看到我浅笑登场，其实我一直在你看不到的角落里疗伤。

关上心窗，你是我的王，打开门扉，不诉离殇；原来，每个人心里都住着一盏过期的莲香。

若，梦是一只摆渡的帆，那么心的相思木是不是可以在每个有星星的夜晚靠岸。

走着走着就散了，品着品着就淡了，有时候，不是我不想牵你的手，而是我的指尖太凉，怕焐不暖你心头的寒烟。

岁月忽已晚。蓦然回首才发现，你的影子牵着我走

了这么远，而年轻的柔软早已不见。

远山近影、秦淮菡萏、亭台水榭、寒山钟晚，远去的不只是风景，还有流年风干的誓言。

光阴在岸，过往是帆，一不小心，彼此都成了风中的画面，而那个孤独的垂钓人，却在天边独饮清欢。

一念寒，一念暖，一念咫尺，一念天涯；我们常常在花落花开里看云舒云卷，殊不知，念，也是一只禅。

拂手的光阴，足下的青苔，那一阕梵音走过的孤单，终究只是一个人的江南。

婆娑轮回里，谁在此岸舞尽一世缱绻，谁在彼岸拈花轻叹，终是空了一世缠绵；其实你不知，彼此只是隔了一段尘缘。

你在时光之外临风煮雨，我在天涯空谷花开一盏，尘埃飞过，繁华老去的那一天，谁会在我们的梦里，看陌上风景，叹沧海桑田。

路过心上的句子

红炉烹茶，墨香盈案。秋深冬浅的时节，最适合一人一檐，诗文碎语，听雪煮禅。

安静而孤独的世界，拂去日子的喧嚣和纷扰，或遗忘，或垂吊，或轻轻掬起风中的香残，任斜阳穿过枝丫，任经年的絮语划过眉梢指尖，仿佛一刻千年，红尘陌上、沧海桑田，都不过是转身或挥手之间的念。

一念咫尺，一念天涯。风雨中，谁为你扬帆撑伞？蒹葭万里，月高星远，清风独舞寒江雪，一指苍茫，终是旧了回廊里的红袖青衫。

寂寞花开。婆娑的世界，一场场花事在轮回里来来往往，走走停停。淡看花开的惊艳，静听流水的潺欢，可有几人懂得花开时的寂寞轻叹，水过处的孤独幽怨。缱绻有时，惆怅有时，弱水流花，不过茫茫苍穹的一粒尘埃。日月星河，风雨交错，相遇执手，浅笑擦肩；每一个交会的路口，都是彼此相约的驿站。

不必寒暄。是的，每一片风干的誓言，每一场华丽的盛宴，都是前世在朝圣路上许下的愿；或寒或暖，或悲或欢，十指交合的瞬间，我们即埋下伏笔，为结局预定了开篇。

青草萋萋，乱红荼蘼。走过兵荒马乱，阅尽沧海千帆，却发现阶下疏影，花间短笛，依旧是风景晕染的清幽和柔软。谁说时光尽处只是一个人的浮世清欢，枝头的绯红，执手的红颜，寂寂流年，爱，才是拥抱众生的暖。

岁月曲风，每一阕都是经年的故事；拂手的光阴，每一帧背景里都有一个夜行的女子遗世尘寰，烟视媚行，水湄离人岸，将一莲心事写意，暗香飞花，梦也成欢。

山高水长，总有世人遗落的憾；此岸彼岸，不过隔了一念的垣。你在你的世界山温水软，我在我的城池望眼欲穿。清梦不眠，隔江小唱，谁能在水榭琴音里，触摸你指尖的温柔，摆渡波光里的粼粼缠绵。

若，有一天，繁华老去，日子里只剩下一茶一饭，一念一禅，是否还会忆起曾经相约的客栈，执手相看的泪眼？捻指流年，北风不暖，菩提飞沙，日落长烟，红尘尽处，总是情不倦。

路过心上的句子，打湿灵魂的衣衫。一阕阕，临风句读；一行行，轻轻浅浅。光阴里的音符，一曲曲、一串串，也如这般划过琉璃的视线，风一吹，又在你我的青花小巷里走远。

风中的呢喃

枯荷败柳，落红映雪，这般凉薄的时节，即使烹茶煨暖，暗香盈案，又如何排遣一波一波的寂寥和孤寒。

一天天老去的繁华，一阕阕飘逝的胜景，此去经年，除了沉默，更多的是感慨，陌上桑田，沧海千帆，都不过是尘世的一指苍茫。

倚窗独立，凭栏远眺，听对岸笛音悠悠，不知哪一曲才是此心安处的原乡。或许，生命的每一帧风景，都是为行者预设的归期，行在其中，只道寻常，又如何会知晓其中的玄机。茫茫云海，我们只是一颗飘浮的尘埃，安静清宁，淡泊随风。

十二月的风，凛冽而犀利，它将一世的温暖和柔软给了花开的时节，疲惫的脚步，仿佛多了一些苍白和柔弱。

无眠的夜里，无意想起从前的故事，习惯性地执笔，只是轻轻地涂了一下，纸上的长发就飘了起来。待仰起目光再寻时，故事里的人，早已转身，跑回了从前，徒留一寂清影，相伴漫漫长夜的一声声叹息。这一幅未尽的素描，竟这般匆匆地否决了我的命题。于是，日子又多了一片留白，给自己，也给未来的你。也才想起，留了这么多年的长发，几天前被我无情地剪短，其实，剪掉的又何止是三千青丝。

缘落缘起红尘梦，锦囊艳骨寄清风，谁言花魂无归处，望尽长安雨霖铃。此生，远山近水，落日长烟，就当为遇见自己，不负桐花万里的一执相思。

长发及腰，只为自己。忘了是谁说过，人生来是孤独的，于是懂得了自己为什么喜欢离群索居。是的，过于繁华或喧嚣的事物，总是让人抗拒和疏离。

其实，身边的一草一木何尝不是如此，孤独而来，寂寞而去，只是游离的芬芳还在，篱前阶下偶尔被人拾起，握在掌心里，羽化为美丽的蝶衣。

蹚过岁月的长廊，拂过漫膝的时光，在这旷世，灵魂一直在幽幽地歌唱。也许，只有一个人的海角天涯，而我和你只是在各自的奔赴里不期而遇，浅笑寒暄，风雨交错，转身之后独自行走，直到下一个驿站或终点。

孤独的生命，本就是一个个传奇。落叶、花香、珠露，究竟源自怎样的初始？一蓑烟雨，零落成泥，美丽的花事就此荼蘼。在那一瞬，生命是否去了我们看不到的地方，又在周而复始的轮回里此消彼长，山高水长。

或许，世间万般熙攘，皆是跋涉虚无之境。只是，长烟落尽、飞花满楼的日子里，我们依然爱着生命最初的记忆，爱着故事里的一朵朵忧伤和绮丽。

花开若为倾城，落水不负清弦，左岸五彩的经幡，右岸锦瑟如禅。千年漫长的打坐，念念不忘的萤火。一场场的繁华和倒影，就这样破旧了流年，沉寂了雨的缠绵。

故人远去，花骨未眠。如果有一天再次伏笔，我会为背影披上红衣，让温柔不再孤寂。若许，再为天使装点羽翼，我知道，长夜漫漫，你又何曾放下期许。

一夜东风已成昨

北风呼啸，万里雪飘，那是我记忆中的北国寒冬。初冬以来，虽也降了几场雪，但多数时候天空被雾霾笼罩，只好宅在室内，与文字为伴，在久远的回忆里，寻找故乡寒冬的空旷和晶莹，以及凛冽中夹杂的一声声狗吠，一缕缕炊烟。

无声，胜却万千。或许，对于一个热爱写作的人，目之所及，皆为风景。远山近水，亭台水榭，一次次脚步的丈量，花开是诗，花落成章；清弦慢茶，半窗暖阳，一袭袭伏案的背影，琴音成行，墨舞落香。

喜欢在黄昏下看夕阳穿过枝丫，于婆娑的疏影里，细数光阴的迷离；也喜欢在深秋的午后，一个人漫步青石小径，于凋零的落叶里，体味生命的轮回与荼蘼。正所谓，最美的风景不在路上，而在内心。

流年的尽头，只是一个人的沧海桑田。陌上花开，千年尘埃，众生万象擦肩而来，交错而去。走过斜阳碧瓦，穿越冷暖朱檐，每个瞬间链起的，不过是流年的一场场聚散。不管素颜登场，还是盛装赴宴，红衣瘦骨，青袖白衫，谢幕时分，也只是喧嚣背后的装点。

若，文字只是文字，风景只是风景，这世间的纷纷扰扰，又在谁的廊檐下落定香菱，从此北风不冷，红颜无寂。只是红尘不甘寂寞，风一程，雨一程，在每一场的遇见和相逢里，为你我种下谜底；苍茫的期许里，看花不是花，看水不是水，阅尽沧海千帆，锦囊归航里，谁又能打开故事的结局。

你在彼岸的浮光里雪语阑珊，我在此岸的韶华里轻舞流年。不经意地回眸，蓦然惊觉，岁月忽已晚。隔江小令，流离了千年，断桥下的伞，又婉约了谁的执念，于阑珊灯火里，临风把盏，妩媚诗函。

清风无语谁解意，一曲乱红殇晚笛。红袖添香，故人远去，守候的日子里，该怎样伏笔，那些凋零的誓言以及过期的花事。人生如寄，在一场又一场的轮回里，唯暗香如故，念如一。

花开半夏，不问归期。是的，繁华与倒影，浮生与皈依，左手轻握的珠露，右手漫长的打坐。殊不知，在你悠闲地品一杯咖啡时，窗外的花儿已凋零；君不见，在你茫然不知所去，独步于渡桥上徘徊时，岸边的柳枝已发芽。也许，所有生命的荣枯，都要历经漫长的蜕变，而后在刹那间修成正果。那么，目送流水的日子，不必追。俗世，总有我们参不透的禅。

一夜成昨，且听风吟。有些故事，来不及回味就已褪色；有些人，来不及牵手就已走远；有些断章，来不及起笔，记忆已不再清晰。唐诗宋词，穿越千年，依然走不出青花小巷的迷离；半篱烟雨，捻指清寒，绯红了哪一阕陌上桑田。当流年姗姗走过眉端指尖，风低吟，雨呢喃，那一刻，梦也成欢。

杏花烟雨共梦人

有没有那么一瞬，一支路过的曲子，会突然触动心底久违的柔软？有没有一个角落，你将它藏得很深，即使日久蒙尘，依旧是回忆里的半篱葱茏？有没有一帧风景，雾深露重，蒹葭茫茫，是你醒里梦里总也跨不过的远。

村上春树说：每个人都有属于自己的一片森林，也许我们从来不曾去过，但它一直在那里，总会在那里。迷失的人迷失了，相逢的人会再相逢。

同样，每个人也都有自己的一座围城。这里，或许有永远无法示人的痛，或许有涓涓细流、蝶舞尘梦，更或许只是一方留白，也无风雨也无晴，任经年每一次的驻足和回眸、每一次的浅笑和擦肩，变成清晰或模糊的风景。只是世间的相遇，偶然的路过，是否还能久别重逢，梦回故里？佛度有缘人。相信，花开的时候，自有清风如许，流水潺潺。

都说烟火寻常的生活，会让一颗玲珑心变得日趋麻木和苍白。风住尘香，谁又忍心负了一世韶华，于流年佳景里荒荒蔓蔓，任柔香绕指，眉黛含烟。

此刻，我不禁想起那些陈年久置的书信，虽然早已泛黄，却依旧被我视若珍宝。曾经走过的繁华，一路相伴的亲人挚友，都已渐渐远去，唯有这些云中锦书，像一枚枚时光锁，将经年过往定格，也让那些流云飞花的日子，时而在暗夜溅起星子的光。

此岸彼岸，凝结了多少故事里的片段？那些缠绵和不舍，那些暮香和誓言，又会在哪一座城池里含笑缱绻，临风而眠？一场相思花若锦，半湖烟色映故人，相约同剪二月风，梦度新枝香满庭。

不问归处。或许，曾经的那滴胭脂泪，早已化作枝头的梅红，含雪而绽，遗世清欢。

陌上青光，指间红尘，刹那间芳华，刹那间零落，而俗世的我们，像一次次走失的孩童，在一团团迷雾里艰难地寻着回家的路。

若，念是一枝禅，期许则会花开。有一天，笛音划过清影，蓦然惊觉，夕阳黄昏后有风穿过，对岸，清香袭来，拂满衣襟。这一夜，当是杏花起舞，烟雨满城。

花又开

人的生命里，总会有一场极致的爱，让你尝尽世间的聚散；总会有一瓣淡淡的花香，在时隐时现的孤独里，陪你走过时光的冷暖。

玉兰之于我，早已不是陌上枝头的寻常绽放，不是流年遗落的点点花事，而是一种情结，她是深植于我生命里的爱与忧伤，是在呼吸里读出的清雅和芬芳，是默默交会时彼此的仰望和致敬。

雾里，看花不是花，闻香不见香，这是我初遇玉兰时的感叹。看花还是花，皎皎玉娉婷，当我第二次走近她时，让我震撼的，是她卓尔不群的从容与淡雅。看，一茎一茎的花朵，安静地伫立于枝丫，像一个个被时光雕琢的玉美人，恬适而独立，没有拥挤，没有喧闹，甚至没有一片叶子的花，竟然可以如此惊人心魄。我想，是玉兰在遥遥地召唤，等我再一次寻访，再一次牵手，拥她入怀，到我的梦里，诉说离殇。

三月的暖阳里，我又一次踏进这一片芳菲，看一树一树的玉兰花开，屏住呼吸，驻足、凝视。此刻，我不忍垂泪，不忍将她入诗入画，甚至不忍离她太近，只想弱弱地问一声：亲，你可是我的前世今生？如果你愿，我便将来世许你，花开为期，共赴彼岸。

也许，在世俗的眼里，你只是一朵开在料峭春寒里的寻常的花儿，谁知素颜的你，竟选择了一世清幽，作为对生命的礼赞和装点；也许，你早已厌倦了浮世的喧嚣，兀自选择了遗世和独立。我知道，你的隐隐清欢下，有落日长烟里的孤寂与无奈，有远山近水中的遥望与等待，有临溪素描里的从容与淡泊，有清风细雨中的缱绻与缠绵。

在这盛世，我不想说，你的清幽浸染了浮光的柔软，因为你一向无视繁华的盛潋；在这原野，我不想说，你的圣洁淹没了万顷桃园，因为你是玉骨里开出的一朵朵云烟；在这枝头，我不想说，你朝圣的路上，也有泪花点点，因为每一次的匍匐，都在灵魂的仰望里，烙下血迹斑斑。

我说，你是三月的诗笺无意落墨的雪莲，虽远在天山，却近在指间；你是四月的芳菲，如约而至的天使，不着盛装，一袭素颜。俯仰之间，春天便被你的浅笑俘获，悠悠水袖，轻舞翩跹。

冬一程、春一程，寒一盏、暖一盏，风吹花又开。只是，经年掠过时，有谁能在光阴的背面读懂你的轮回，轮回里的故事，故事里的片段。你说，遇见很美，来世，我还在初遇的路口等你，不见不散。

梦，划过春天；风，吹旧流年。来年三月，再遇见时，只期站在你遥遥的目光里，轻轻挥手，待你每一朵颤动的微笑摇落风，也摇下我缤纷的诗句，送给身边的流水，以及每一个过路的人。

坚守，内心的风景

昨天，著名女作家杨绛先生仙逝的消息传来，网络上铺天盖地的文字和图片，纷纷献上对先生的祭奠和怀念。今天，我们在缅怀先生的同时，更为她超凡的一生感念和动容。

之前，也曾无数次读过先生的《一百岁感言》，可当好友再次转给我先生生前的文字时，我还是为她的深刻悟道而感动良久，一时竟无语凝噎。她说："我们曾如此渴望命运的波澜，到最后才发现，人生最曼妙的风景，竟是内心的淡定与从容；我们曾如此期盼外界的认可，到最后才知道，世界是自己的，与他人毫无关系。"

我知道，先生的高度，并非常人所能企及，但是，如此深邃而饱含哲思的生命感念，若非经历了生命的起伏和跌宕，若非洞察世事的变迁和冷暖，又怎能将人生诠释得如此淋漓而鲜活，真实而透彻。

在这个浮华的盛世，追逐和漂泊，一度成了生活的主题。一路走来，人们似乎忘记了初始的方向和目标，直到尽头才发现，最美的风景不在路上，而是内心的淡定和从容；也更加懂得，唯有这一帧风景，才值得我们匍匐和仰视，值得我们用尽生命秉持和坚守。

内心的淡定和从容，不是简单意义上的看破，更不是我们通常所讲的无为，它是滤尽繁华之后的澄澈，是清明、淡泊，是恬适、安然，正像一本经书，世俗之人只能看到它无华的外表，无味的内里，唯有懂它的人，才能深谙其中的精华与闪烁的内在，及其辐射的广袤而深刻的认知。不与世争，恰恰是阅尽了世间的繁简与浓淡。这方天地，若不经心的灵修与洗练，又怎能看到它的山高水远，长风落烟。

坚守，更是一份执着和笃定，是摒弃风景里的一切虚华和肤浅的诱惑，是对生活本真的坚持和秉承，是对人性光华的传递和蔓延，也是对自我个体的修缮和升华。

只有坚守内心的风景，才能穿过熙攘的人群，看到远山的一丘之魅；才能在万顷桐花中，一眼觅到卑微的小草；才能在漫漫旅程的跋涉里，阅尽苍茫，依然默许内心的清明和永恒；才能让灵魂站在殿堂之外的塔尖上，仰望黎明的万丈霞光。

每个人的内心，都有一片风景，而淡定和从容，会让这片风景愈加妩媚和明丽。我们深知这个世界的不完美，依然选择善良和宽容；我们一路追寻，一路迷茫，依然愿意相信，爱是拥抱众生的暖；我们历经花落花开的得失和无常，依然期待：春起时，香满径。

老茶壶里的光阴

愈是烟火和寻常的东西，愈能生发内心的感动和柔软。删繁就简，在出世和入世的风景里，让心更接近于淡定和从容，让初心永葆鲜活和美丽，这应该是我们一直在追求的至高和无上吧！

几天前，我和家人一起去小区附近的古玩市场，观赏中发现一把陶瓷老茶壶，洁白的质地上铺设着古松蔓草，行云流水，小舟飞鸟。尤其夕阳下那对相互搀扶、彼此依偎的老人的身影，顿时勾起了我记忆中的一幕幕场景。向来对古玩不感兴趣的我，竟在那里足足伫立了十几分钟，直到孩子童稚的声音喊过来，我才发现竟然在这里滞留了这么久。带着几分怅然和不舍，我一步三回头，木木地挪开了脚步。

记得那是一个电力匮乏的年代，每逢深冬时节，寒风冷雪总是不期而至，人们唯一的娱乐是和亲朋好友聚在一起聊天，讲故事。每逢傍晚时分，家家户户在袅袅炊烟里燃起油灯，晚饭过后，便开始围着火炉边烤火边嗑瓜子。每每这个时候，邻家奶奶就会一手拄着拐杖，一手拎着那把弯提梁的老茶壶，来我家唠嗑。当然，每次都会带上几颗紫红的干枣。在柔和的灯光里，我们取来竹筷，削尖，穿透红枣，于火炉上烧制一会儿，就可以泡上一壶香喷喷的枣茶，在满屋弥漫的茶香里，大家便开始了一天最温馨惬意的时光。

那个时候，心灵手巧的妈妈总是在崭新的窗纸上糊上灯罩，再在灯罩下粘上各种造型的剪纸。那天晚上，妈妈剪了一个梳着高高发髻的纸姑娘，手里端着簸箕，我们只需上下左右地晃动油灯，小丫头便可以对着不同的方向摇摆簸箕，妈妈为之取名“傻丫头摇簸箕”。那晚北风来急，我们就着木质窗格里的灯影，看丫头摇簸箕时滑稽的模样，笑得前仰后合，直至窗纸被我晃动的油灯点着，老奶奶的陈年故事才在大家的惊恐声里，戛然而止。

那把老茶壶的由来，我无从知晓，只是模糊的记忆里，老人佝偻的背影，一直伴着那把老壶。后来长大的我，总是不自觉地想起那把老壶，它应该是老奶奶的传家宝吧！在经历了世世代代的风雨聚散之后，流传至那个年代，依然不改最初的本真和容颜，在岁月的凝重与永恒里，在每一寸肌肤划过的时光的缝隙里，见证着一个个散落的故事，以及故事背后的温润和欢喜。

光阴渐渐远去，在老壶氤氲的茶香里，在琉璃如水的日子里，故人一次次入梦。她们来了又去，去了又来，带着初见时的一花一木、一颦一笑，依旧年轻着，简单着，在木窗格子的灯影下婆娑着，看门外的飞雪，一片片，于呼啸的北风里，穿过漆黑的夜空，穿过万家灯火。

静·私语

静，这个字眼，我一直有种说不出的喜欢，确切地说，是爱极。它让我想到一个人的天空之城，想到千里之外，若干年前住在青花瓷里的光阴。那是一个人群喧闹的花市，一位略施粉黛的女子婀娜走过，刹那间惊艳了时光，惊艳了一城的仰望。时隔多年，那个红衣女子可曾老去？可曾有打马归来的少年，于古道清风里，悄悄掠走夕阳下的这抹素颜。

倾城，苍老的是故事，故事里的人依旧年轻。一夜长安半城雨，半城烟雨半城沙。长安的烟雨，绽开一树一树的梨花，悠悠踩过的，是朦胧与凄迷的时光，它在离人的背影里，纵横阡陌，倾了城，亦倾了心。

落红时节，簌簌而至的，是脚步还是誓言？青草离离，菊花旧地，谁在落香深处劫持谜底？听，掌心握得的时光里，谁轻轻叩醒门扉？归，在无言的期许里，凌乱了一场相遇。

你说要我遗忘，我该怎样忘记？忘记风，忘记雨，忘记朝圣路上的那一场相遇。记得，你领我回家时的一袖灯火；记得北疆北、南山南的三生找寻与相约；记得指尖上铭镌的那一枚暖；也记得，我曾把你的名字种在诗里，结出花朵，我的全身亦开满花朵。

有人说，生命都是远行客。如果真是这样，我是谁的远山近水，碧日长天？谁，又是我的轻烟流云，沧海尘寰？其实，我们都是风中的尘埃，偶然路过婆娑的红尘，十丈光影里，彼此遇见交错，在昼和夜的缝隙，成全了一场美丽的传说。

似虚拟

风穿过记忆时，窸窸窣窣的声音里带着一点聒噪，似一只看不见的手，在空旷的视野里，一圈一圈地画圆。是的，时光是圆的，意象也是圆的。从天涯到天涯，只是一个漫不经心的转身，星光下遗落的吻，洇开千年之后的暗红胎记，此去经年，再聚首，那一世的梵歌，近了又远，寒了又暖。

永恒的背后，谁在没有结局的故事里频频句读？梦境，像被搁浅在滩涂上的暮阳，暖暖的，略带疲惫和沧桑。一朵朵浪花溅起，淡淡的盐水味道，裹挟着北回归线以北的讯息，那片盛大的蘑菇石，携着冰冷的海水，在崖之角，淹没了我的仰望。

慢慢地，余光里只剩下倾听。花开的声音，像一枚枚誓言，在枝头起舞；飘飞的落香，在寂寞的足音里，风干了一声声叹息。风景里，谁走过季节的妩媚和萧瑟，轻轻洒落一地红雨？不可说，不能说，一说就是错。

秋尽菊黄，残荷满塘。时光的那头，被囚禁的蝶儿，可否飞过了沧海的蓝？若许，请让我在篱笆前的半亩桑田，执一江秋水，引渡南山万顷桃园。我不敢许你三生江南，或许，我可以偎你一世春暖。你说，这是季节的无题，我说，美到至极才更接近虚拟。

曾经应过你，安心做一个烟火女子，在一茶一饭里云水禅欢。奈何，檐下的风，一次又一次拆穿花事。夜半起身，就着十月的星光，我叫醒沉睡的叶子和露珠，叫醒一秋寒水，渡我过岸，奔赴你的黎明。

听，蒹葭里飞出的声音，淹没了暗夜；碾过星辰，碾过灯火，也碾过一双双期待的眼睛，朝着比夜更深、比爱更远的方向，边走边唱。

陪伴

陪伴，是最长情的告白。我记不清这句话是出自哪位名人，但我一直被字里行间的爱感动着、温暖着，也因了这份暖暖的感动而心生欢喜和慈悲，它们慢慢延展，直到生命乃至灵魂的每一个角落。我想，如果可能，我愿倾其所有，用水晶般的心，善待生命里的每一个过客，哪怕只是擦肩，抑或是短暂的回眸。

说起“陪伴”这个话题，不禁想起几天前离开网易博客的一位友人。其实，他一直都未加我为博友，但每次真诚的留评，总是令我感动再感动。在关博的前夕，友人第一次给我发消息，他说：“谢谢如烟对我作品的一直关注，也很珍惜相识以来的这段友谊，你写的诗字字句句都是从心底流出的晶莹，每次品读，我皆能有所心得与深深的感触，我想，这就是惺惺相惜吧！你我虽没有出现在彼此的博客好友里，但却总能从彼此作品的相互品评中，感受得到朋友间的真诚；对此，我很欣慰。

但人生总是有着诸多变数和无奈，因博客上一些事情，搅扰了原本的清静，不得已关博，心中虽有隐痛，但实属无奈；关博之前，思之又思，还是与你这位不是好友的好友打声招呼比较好，望如烟多多珍重。虽脱离这里，但你的作品，我仍然可以从网页上看到，只要你不设限，只是不能再留言品评，实属遗憾；我即使不在这里了，但会永远记得有你这样一位故人存在，祝如烟岁月美好，人生精彩。”请原谅，我将这条私信复制引用过来，请原谅我的感动，请原谅我此刻的泪水涟涟，请原谅岁月里一点一滴的爱和柔软。

是的，从小到大，我们一直在陪伴与被陪伴里安稳地走着。最初的最初，是来自父母的陪伴；长大后，又在同学、朋友和爱人的陪伴下一步步走来；后来的后来，我们开始陪伴孩子，今后也将在孩子的陪伴下慢慢变老。人生没有不散的宴席，有一天，父母会离开，友人会离开，爱人也会离开；还有一天，我们也会像目送父母离去一样，在孩子的目送里渐行渐远。也许，生命真的是一场又一场的告别，但我想说，每一段的陪伴，都像阳光般的抚摸，它是那么真实而盈动，温婉而亲和。

生命的林林总总，我们也常常因聚散冷暖而心生悲喜。沧海众生，没有无缘无故的遇见，即使昙花一现，短暂到如唇齿间的一次问询，谁都没有不珍惜的理由。曾经的陪伴，或长或短，或浓或淡，我都会深深地感激和敬畏。感谢你能来，感谢你走进我的生命，尽管离开是必然，我依然深深地感动着你的出现和陪伴。

未觉池塘春草梦，阶前梧叶已秋声。在短暂和无奈的生命旅途中，山一程、水一程，风一更、雪一更。我们在彼此的生命森林里遇见相逢、转身前行，也曾期许，有朝一日能够再重逢，与曾经的梦幻温暖相拥。或许，宿命的缘注定我们要背道而行，那么，就让曾经的陪伴化作窗前的一枚灯火，在每一个星光黯淡的夜晚，照亮我们的背影，照亮我们每一次的探寻，就像时光里最初的遇见。

马背上的童年

一直笃定地认为，我童年的记忆始于父亲。那个时候，母亲在生产队劳动，靠挣工分养家，而体弱多病的父亲，却享受了队部的特殊待遇，常年牧马。因此，我童年的大部分时间都随父亲在马背上度过。

念着那片马蹄踏过的原野，以及头顶上的蓝天白云，它一度成为不落的风景，从年少的懵懂，到青春的五彩斑斓，直至后来的后来，化成一抹最浓的乡愁，任雨打芭蕉，总也挥之不去。

那个牧场离村庄很近。每逢春天来临的时候，环牧场的小河开始解冻，柳岸杏花，流水淙淙。悠闲的马儿，时而啃噬着绿油油的苜蓿，时而漫步到河边饮水，这个时候，父亲总喜欢将我抱到马背上，并用信手折下的柳枝做成短笛，或为我编成头上的花冠，马背上的我，便在父亲一痕一痕的笛音里，望着无尽的旷野，轻轻地唱起童年的歌谣。

白天，大人们去地里干活儿，我也常和邻家的玩伴去河里捉蝌蚪，或者，背上柳编的筐头去麦地里除草，偶见田里有野兔奔跑，那份欢喜难以言说，也常常因为肆意地追赶而弄丢鞋子。口渴时，便从河沟里摘取一片肥厚的叶子，用小的砖头垂吊到深井里汲水。直到傍晚时分，炊烟四起，一声声狗吠由远而近地传来，才会想起回家的事。一踏进家门，我先是大声地喊着父亲，直到闻见父亲熬制的粥香，看到热腾腾的馍馍，我总是忍不住从身后抱紧父亲，像抱紧一座大山。这些美丽的片段一直充盈着我的童年，直到他离开我。

父亲走的那年，我六岁。只记得那口红木棺材横在院子时，母亲将我和哥姐叫到跟前，叮嘱我们到棺木前，和父亲共进最后的午餐。不知为什么，我执意不肯。那天，北风呼啸，我患了重感冒，一声连着一声的咳嗽，将母亲惊吓得不知所为。后来，哥哥背着我去了诊所，在我的迷糊和混沌中，父亲悄悄地走了。一年以后的一天，我读小学一年级时，母亲将我从教室里叫出，当时，她手里拿着一只碗，里边盛着热乎乎的饺子。母亲领我去了一个地方，我看到一个馒头形状的土包，才知道父亲走后一直住在这里。这一天是父亲的周年祭日，母亲哭得泪人一般，直到这时，我才懂得父亲

是真的离开了我，永远不会再回来。我一边痛哭，一边安抚着无助的母亲，土包上那片荒芜的苇草，在北风里摇曳着，孤零零地，像父亲。

六岁以后，确切地说是父亲走后，每次再回到家时，总想习惯地喊一声“爸爸”，盼他回过头来看我笑，可每次看到的都是母亲忙碌的身影，话到唇边，便由最初的娇弱或欢喜，化作哽在咽喉的痛和无奈。是的，这是我和父亲之间特有的默契，一如放牧归来的路上，我嬉笑地跨在父亲的肩上，一如我熟睡时，父亲一次又一次为我掩好被子。

童年，是马背上的摇篮；是柳笛吹暮的斜阳下，父亲一声声地呼唤；是晨起暮落的日子里，大手牵小手的温暖；是袅袅炊烟中，父亲背影里的一粥一饭。马背上的童年，早已离我远去，可父亲依旧年轻着，在梦里，轻轻挽起我的羊角辫，为我戴上他亲手编制的花环，立时，碧风起舞，笛音绕岸。只是驮着我长大的马儿，不再安静如初。牧场上，它偶尔拾起前蹄，仰望长空，任拉长的嘶鸣，回响在寂静的原野。

清秋里的禅境

◆ 2017 ◆

山水流转，惜君如常 / 善，人性的大美与光辉 / 半生素衣，一世烟雨 / 味道 / 莲骨，清秋里的禅境 / 落雪听禅

山水流转，惜君如常

惯看了山水流转，草木凋零，春萌冬藏，越容易动情，也越容易无情，来年又会如此，仍然深情地期待下一个轮回。

这是雪小禅新书里的一行字，刚一触到，便深深地爱上。爱字，有时胜过爱自己，或许是因了字里行间的禅悟和清明，因了看破后的无奈和决绝，因了流光背影下的执着与不舍，因了轮回里深情的期许和等待；也许，更是因了时光里暗藏的凛冽与玄秘，一次次叩醒迷茫，给了爱和生命别样的注释。

冬去春来，花开花落，我们曾经栉风沐雨，梅雪相逢；我们也曾跋山涉水，共赴春约。走过的光阴，一如看过的山水，一行入诗，一行成词，而我们，终将化作蒙蒙烟雨中的一纸小令，任风吹过，落地无声。

陌上春几许，梧桐雨三更。几许春风，几许烟云，几许轻声地唤，才能叫醒对岸的蓓蕾，和我在月下相约，一起划向草尖上的黎明。铮铮誓言，犹如枝头上的舞姿，一度惊艳了时光，惊艳了山水。

如果风的背后还是风，荒野之上注定缥缈如烟，你是否还会深情地回眸，对着身后的一片天；如果沧海之后依旧是沧海，你是否还会一路跋涉，寻找梦里的灯盏；如果繁华的皈依终是沉寂，你是否还会葆有最初的清欢。

斑驳的时光，婆娑的红尘，走过千山万水，唱尽人间阕歌。阳光下，我们透过枝丫的缝隙，看清风吹来，暗香拂袖；漫步寻常巷陌，听阶前虫鸣，看草长莺飞。我们曾经为瓦片上的残雪黯然神伤，也曾经，于隔岸的笛音里，听青鸟越过重山，惊鸿足下的春天。

冬天藏起春的嫩芽，秋天圆了梦和童话。空蒙的世界，谁为我们布下迷障，谁在灯下打开结局。有情与无情，梦幻与真实，隐在一片叶子的背面，将季节里的花事悄然掩起。渐渐地，我们习惯了白日的喧哗、暗夜的清幽，我们也学会了包容，包容沉默的河流，包容脚下的土地，如同包容所有的过失。

可我们依然爱着，爱着群山的苍翠，碧水的柔软；爱着花间小径上流淌的音符；爱着日子里悬浮的每一朵笑，每一枚暖。

檐下花又开，像一场流年的邀约，等待蛰伏已久的召唤。你看，眉间绽开的凤尾花，似一瓣暗红的胎记，灼灼地立在风中，仿佛在说：山水流转，惜君如常。

善，人性的大美与光辉

不忘初心，方得始终。我非常喜欢这句话，也一直将它作为人生的警示和座右铭。

古人也曾说：人之初，性本善。在当今这个喧嚣和浮躁的时代，一些人为了达成一己之愿，追名逐利，常常丢了初心，丢了最初的善良和本真，最终忘记了行走的目的，这不能不说是一种悲哀。

人，不管处于一种什么样的生活状态，什么样的身份地位，可以没有显赫的身世，没有沉鱼落雁、貌比潘安的外表，没有惊天动地的壮举，但我们的平凡里唯独不能没有善良，因为善良才可以永葆初心的纯真和鲜活；善，是人性的大美与光辉。

说到善良，我们会不自觉地联想起女性，谈到女性，自然离不开孩子。作为女人或母亲，我们常常认为，自己的陪伴与呵护，成就了孩子的未来，我们却很少想过，孩子成长中的一点一滴，也在不断地带给我们感动和欣慰。他们的一颦一笑、一啼一哭，以及长大之后的每一个善念和善举，对于我们何尝不是一种反哺，不是另一种陪伴与告白。

一直以来，总想把女儿的故事写进文字，写进我生命的感动和欣喜。我的女儿，张曦文，一个21岁的女孩，现就读于上海的一所高校。每每想到她年幼时的咿呀学语、学步时的磕磕绊绊，内心总有暖暖的情愫流淌。也在想，一个即将面临毕业的95后，真正走出校园，步入社会，面对纷杂的世俗和不可预知的未来，会不会适应当今汹涌的改革大潮，会不会人云亦云随波逐流，会不会依然坚守自己的信念并为之奋斗……也许，我的一切担心都是多余的，因为，从蹒跚学步的那一刻起，女儿身上的一点点光芒，早已筑成了我内心的烛火，这火光一直照着她，也照着我，走过四季流水，清清的，像我们一起唱过的歌。

记得女儿读初二时的一个下午，她去老师家补课就要结束的时候，我像往常一样，站在小区门口，等候孩子的归来。这时，一辆飞驰的汽车将对面骑摩托的男子撞倒，顿时，男子血流一地，昏倒过去，鞋子也被撞出了几米之外。路过的人们纷纷围拢过来，你一言我一语，大小几十个人站在那里，却没有一个人上前救助或报警，这种场面持续了大约七八分钟。女儿放学归来，见状立即冲入人群，她不顾男子周围的一摊摊血迹，甚至蹲到男子身边用手指试探他的呼吸，接着，伸过头去，小心地问询，试着和男子说话，查看他的反应。当她发现男子确实不省人事时，对着围观的人群大吼：“你们这么多人，为什么不报警，为什么不拨打 120 ？”当时我也站在围观的人群中，说实话，我被女儿一连串的动作和问话震得发蒙，不过，我很快缓过神来，取出手机，报警并呼叫了 120，男子赢得了最佳的救助时间，最终脱离了生命危险。当时，人群中有赞美的声音，也有不带任何表情的人窃窃私语，好像在说：真是个孩子，不怕被人讹上啊。可我，作为孩子的母亲，真真地为女儿骄傲。她的一个小小善举，救助的不仅是一个生命，也救助了那么多麻木不仁的灵魂，包括我。她给围观的人上了一堂课，也给这个社会、给冷漠的人心注入了鲜红的血液。

还有一次，在女儿读高一下学期时，老师在台上讲课，班里有个女同学不注意听讲，偷偷取出小镜子，坐在自己的座位上化妆，化妆镜的光不时地反射到讲台，严重地影响了老师讲课。授课老师再三提醒暗示，那位女生却置若罔闻，照化不误。一气之下，老师停下课来，要求照镜子的人站起来承认错误。大约僵持了十几分钟，那位同学一直不肯站起来。情急之下，女儿站起来主动向老师说，刚才是自己的手表一直晃动才引起的反光，并向老师和同学们道歉。其实，老师明明是知道的，同学们也是知道的，只是不想揭穿那位女生。后来，老师继续讲课，一场小风波平息了。过了很长一段时间，女儿回家后和我说起此事，我在唏嘘和感动的同时，不知该对女儿说些什么。也在悄悄地想，女儿救了老师的场，救了同学的场，其实也是对自己的一次救赎吧！小小年纪的她，或许不懂什么大道理，但她一个微不足道的动作，却赢得了老师和同学们的敬佩和赞许，她以小小的智慧和宽厚的仁心，包容了一个做错事的孩子，也为自己的人生增添了一笔精彩的分值。

写到这里，我想起一句很经典的话：聪明是天生的，而善良是可以选择的。也许，我的女儿没有倾国倾城的相貌，没有过人的智慧与天资，也没有显赫的出身与家世，但她深入骨血的善良以及因善良而升华的智慧，确实难能可贵得让人汗颜和却步。我想说，作为一个寻常的母亲，我首先希望孩子是健康的、快乐的，在这个基础上，更希望孩子学有所成，将来对家庭和社会有所裨益。快乐的源泉是身心的健康，而身心的健康离不开善良和感恩，一个不懂善良和感恩的人，又如何担当得起未来家庭和社会赋予他（她）的职责，如何担当得起一代人的历史使命。

善，是人性的大美，它让人性的光辉更加温润和炫目。自古以来，我们崇善向善，以善为美。有句话说得好：不以善小而不为，不以恶小而为之。其实，生活中，我们不必去千里之外进香朝拜，因为父母就是最近的佛与神；我们做不到兼济天下，但可以选择独善其身。平凡的我们，也许卑微得像一株小草，但是，低矮中我们依然会拒绝冷漠和无情，依然会在四季的风中纳悦吐芳，因为我们心怀善良和悲悯，懂得宽容和感恩。上善若水任方圆，因为爱，人间才会盈满春意。

半生素衣，一世烟雨

那天，友人在微信留言:“烟，世上很多事，无须每一桩都参透，给心一片留白，善待自己，也是对生活的慈悲。”

读着沉默的字迹，我像被闪电击穿一般，顿时泪如雨下。是的，雨一直在下，从天上到地上，从倾城到倾心。那一刻，我被剥去乔装的外衣，像被追击的九尾狐，露出原形，无处可逃。

想起余光中先生的《听听那冷雨》，记忆便回到几年前去过的台北，心心念念的日月潭、阿里山，淅淅沥沥的清雨再一次回到眼前。其实，听雨无关背景，重要的是心境。假如可以选择，空旷的冷雨中，你会和谁共执一柄伞，听风中落叶盘旋?或者安于一个人的檐下，望灰蒙的天空，听若即若离的鸟鸣，有所思或不思，不远青山，不近寒钟，但求一份喧嚣之外的安宁。浅喜或忧伤，凭吊或遥念，都是一个人的水墨兰亭。

一袭望穿秋水，半盏酥油孤灯，世间的事，无情又关情。走过万水千山，阅尽江上数峰，可曾褪去心中的执念？或者，一颗素心早已洗尽铅华，任风雨飘摇，我自长烟落日，山温水软。

一直钟情于民国的小巷，连炊烟都带着香和暖。假如可以从中截取一段光阴，我必是裁剪一缕月光，不为唐风，不为宋雨，只因月光洗白的一幅画面。看，对面走来的女子，身穿阴丹士林旗袍，不施粉黛，却可以蓝得这般清澈，摇曳生姿，一步一禅。这一刻，时光被惊艳，呼吸被凝固，原来，你也等了我一百年。

其实，生命最美的遇见，是邂逅另一个自己。今生，如果可以，我愿择一片天地临水而居，做乌篷锦舟下的采莲女，明空皓腕，执半生素衣，在一世烟雨中清清浅浅，不问山高水长，草长莺飞，任四季流转，繁华皈依平寂，长篙撑起心中的圆。

我的素衣，可以是六月里的一枝莲，也可以是月半轩窗下的一株兰。如果是莲，我愿化作佛前守候的青灯，以寂寂的光，为你许下心中的暖；如果是兰，我愿做清风和驿站的信使，将流年的花事临摹写意，让爱和念在阳光下承欢。

落落长空，寂寂风烟，若许，我愿穿过隔世的尘埃，窃一枚发黄的小令，置于半旧的琴弦，任丝丝音符划过心弦，划过月光下的风尾，划过一个人的似水流年。

味道

一直以为，曾经的刻骨铭心，会铸成流年的疤痕，雕琢于岁月的脊檐，铭镌灵之深处的隐忍和不甘。而心停泊的驿站，早已人去楼空，万径人远。

李煜曾说：独自莫凭栏。一个人倚栏独吊，会遇见潇潇雨歇吗？或者，穿过心的千峰万峦，只身奔赴一个城，一个让你牵肠挂肚的城，那里住着的人，依然穿着那件素色的衣衫，即使旧了、发黄了，也还残留着你的指香，你的余温。也许，久别重逢的寒暄，在彼此的陌生和慌乱里，已经找不到相见的理由和答案，那么，再艰难的跋涉，也只是落落回程上的一声叹息。

此情此景，让我想起辛晓琪的一首歌：《味道》。“今天晚上的星星很少，不知道它们跑哪儿去了，赤裸裸的天空，星星多寂寥……”是啊，想念是一种别样的味道，它轻轻拂过面颊，啃噬着一颗柔软的心，那味道有光阴的暖，也有蚀骨的痛。

风住尘香花已尽，雨醒梧桐梦更行。途中，一些人来了，一些人又去，一些人虔执朝拜，一些人默然转身。秋水凉凉，何处才是心的故乡？繁花万盏，哪一朵才是念瓷之上的菊黄？风说，每一声默念，都是一朵花的悄然绽放；雨说，每一次驻足，都是光阴的舒展和回眸。爱与被爱，念与被念，那些时光里的惊心动魄，那些不安的细节，原来一直潜伏着，在额际眉间浅笑低吟，也在一盏茶的袅袅清香里盈动漂浮。

路漫漫，谁在四海八荒布下迷障？情悠悠，谁在离弦之外打开结局？黎明与黄昏，哪一种抒情更接近风的低吟？求真的路上，我们都是寂寞的行者，于芒鞋竹杖、衣钵人生里，听蓑衣掩起半截笛声。可是，真相在哪里，我们又在哪里？步下红尘，我们不禁会问，万物生灵，每一场相遇都是偶然吗？也许，缘本注定，生活里的点点滴滴，花零叶碎，都是为了奔赴流年的约。

熙攘的人群，我们遇见又分开，错过又相逢，一场盛宴如期而至，另一场握别已在归程。可生命毕竟是向暖的，倾斜的雨水固然清寂着孑孑的身影，一瓣花语、一片蛙鸣，足以让我们心生欢喜，慧莲苍生。即使历经一万次的告别，我们依然还会选择与爱同行。

空山清蒙，静水流深。雨霖铃里，风会记得一朵花的香。每个人的生命，都有自己曾经熟悉的味道，有一天，它不再为你芬馥，那又何妨？你看，它一直都在心的一角潜藏着、幽闭着，怯怯的，像我们一直寻觅的原乡。

风雨兼程，我们常常会不经意地念起，念起一朵莲，念起一束光，念起一抹笑。打开一道门，推开那扇窗，在一盏灯下独自触摸和舔舐，一种味道，那么暖，那么醇厚和悠长。

莲骨，清秋里的禅境

淅淅沥沥的雨，接连下了两天一夜。阴雨连绵的日子，最适合怀念，也最适合独吊和清欢，可我还是耐不住好奇，给远方的好友发去问询：你那里也下雨了吗？回答：是，只是晚了一些时候。听罢，竟暗暗生出几分欢喜。我想，晚了几个时辰的雨，多像一个迟暮的女子，姗姗而至，在另一个连着我的时空，连起风中的相思和缠绵；而我的世界，也必有这样一个女子，可以没有绰约的风姿，没有婀娜的身影，但她一定会选择离群索居，寂寂而行，似此时清秋冷雨中的一枝莲，在时光的一角，栉风沐雨，孑孑地浅唱和呢喃。

这呢喃，是殷殷了五百年的清念；这浅唱，是隐匿在青花小巷里的淡淡忧伤；这低吟的慢板，是行走在流年的菩提飞花。也许，用烟视媚行来形容她，更为妥帖和应景。你看，她粉面含羞，欲言又止，却又旁若无人地吐芳和纳蕊，即使春颜不再，芳华已逝，也会生蓬结子，在一枚枚莲孔中蓄满尘烟，弹出美而玄妙的音符。

或许，较之于莲花，我更青睐于莲的叶片。远远望去，一片片叶子，多像绿色的裙裾在水面上起舞，不管生死和飘零，她都会择水而居，任圆形的躯体浮萍视野，在一波波扩开的涟漪里，铺展清澈，圆寂一朵朵莲花的梦。而此时，水波之外，阳光下的女子正擎起一枚莲叶伞，娉婷生姿，婀娜地走过弯曲的青石板路，长长的叶柄握在掌心，像一首无字的诗，更像一幅无墨的画。

此时秋正浓，无语尽风情。爱莲，源于她的不怒不争，不骄不媚，清幽独立，更源于她出淤泥而不染的风骨和气节。或许，莲，自古以来就是女子的化身，不然，怎么会有那么浓那么稠的唐风宋雨、民国烟云拜倒在她的飘飘衣袂下，婉约如易安，孤绝如爱玲，爱了一生，痛了一生，芬芳了一生，飘零了一生，却用一个“洁”字湮没了世间所有的繁冗和常俗。

字里行间，我愿意让想象停留在这样的画面：青山黛水，微雨含烟。如果此生我注定要邂逅一场别样的风景，那一定是轻烟笼罩下的渡桥，两岸的垂柳，湖中的青莲。我会告诉你，也会告诉自己，你渡我至此，我知你若己。你用花开叩醒我的三世，我要对你说的话儿，皆化作风中的细雨，濡湿山水，浸染风月，它们比语言更深，比相思更柔。

有人说，世间所有的相遇都是久别重逢。是的，我确信，每一场相遇都绝非偶然。没有早一分，也没有晚一分，古道长亭，烟雨小巷，我从千里之外打马归来，原来你也在这里。

如果，冥冥中注定我与一朵花儿有染，那一定是莲，清秋里的一枝莲。

落雪听禅

每年的冬至一到，真正的严寒就来了。北国风光，况味最浓的是雪，留白最多的是雪，禅意最深的也是雪。一个没有落雪的冬天，担不起真正的冬天。

记忆里的冬天，北风呼啸，大雪纷飞，红炉烹茶，抱香取暖。仿佛为了应景，一窗灯火内外，人间的浩荡和温良便如此尽情地演绎和铺展。那铺天盖地的雪呀，让山川一夜白头，灵魂顿生柔软。此时，你可以携一抹蓝色的忧伤去抚摸，可以心碎或者愈合，可以兵荒马乱，节节败退，甚至一寸一寸地陷落，唯独不可以歌，不可以喧哗至熙攘，不可以赋予其神圣以外的任何一个虚词。

如果你爱它，如果你视其为爱的至极至上，千万不要去惊扰它，哪怕只是一声唏嘘或者叹息。之于它，最美的赠予和成全，就是带上你的心灵去听，听一场尘世之外的禅语清灵，听一幕梨花带雨的玉指凝烟，听一曲魂归故里的人间阕歌。

雪花，一片片飞落，悄然地划过我的发际和眉额，她飘逸的身姿多像一个柔情的素衣女子，一边翩翩起舞，一边缤纷大地，那高高低低远远近近的白，就是她普世的爱和暖，流淌在尘世的血液和骨骼。

或者，他更像一个多情的男子，摒弃世间万种繁华，为了心中的挚爱，穿越三生三世，化作一朵冰凉的花，此生可待或不待，不负如来不负卿。

别有根芽，不是人间富贵花。纳兰的惆怅蔓延了三百年，亦缱绻了三百年。贵与贱，厚与寡，谁的初心不改，任执念落满天涯？半或满、空或绝，谁饮尽尘埃，长寂此生？

落雪听禅，禅意却在雪之外。不忍听，不敢听，有人拈花，有人秉烛；有人抚琴，有人望月；虫鸣之声击穿水滴，浪花叩醒沉睡的沙砾，万籁俱静亦不静，人间薄情情亦浓。

想，拈花的人能否博得美人一笑？落花已随流水去，沧海已是桑田魂。

想，秉烛的人是否已经落下灯盏？看，异乡的异乡，通天都是黎明的黎明。

想，抚琴的人缘何长夜当歌？听，清晨的露珠叩醒了沉睡的太阳。

想，抱月的人肯不肯退后半步，仰望漫天的星光？陌望的花儿，你不懂，月光染白了一地相思。

雪，这隐喻的精灵，这不羁的天使，你是谁的化身，谁的梦呓？我在灯下听你，你落成我指间温婉的诗句，一字一呢喃，一行一细语；我在途中听你，你化作我背上的行囊，满载期许飘向远方，朝着心之故里；我在梦里听你，你说你是我窗前飞舞的白蝶，而风中那棵摇曳的梧桐树，殷殷地等了一千年，爱了一千年，也痛了一千年。

只为这一刻的遇见，不管你来或不来，我一遍一遍地唤你，在灵之深处，海之角，天之涯，我洗尽尘埃拥抱你；在时光彼岸，月半弦，影满帘，我以我心照你归。

禅是一朵花，是一朵朵飘飞的雪花，她晶莹地开满了我的世界，那么轻盈，那么安静，安静得不说一句话。她经过时，我必是那虔诚守候和聆听的女子，因为懂得，所以慈悲。

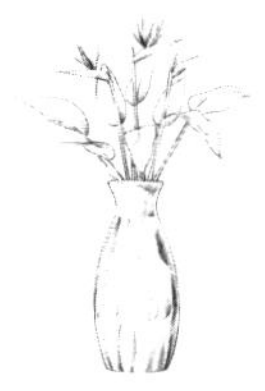

时光里我们不说再见

◆ 2018 ◆

春归，溪梦杜花源 / 一半浅挚，一半微凉 / 汉韵万方，我愿做风中一枝莲 / 聚散有时，时光里我们不说再见 / 你好，好久不见 / 离兮，半眸清风半指沙

春归，溪梦桃花源

喜欢春天，以及与春天有关的一切，包括清晨的鸟鸣、午后的花开；也包含与春天无关、被季节隐匿的部分，比如黄昏的钟声，夜晚的抒情。也许，缘于我的生辰正逢桃花烂漫之时，之于春天，我尤为青睐三月。我爱三月的烟雨江南，爱烟雨漫笼的一江春水，爱薄雾轻拥的小桥，也爱柳岸茵茵人家。我爱它们由里及外的清澈和透明，也爱扑朔的变幻和迷离。

当黎明的晨曦再次把我从梦中叩醒，当第一束光穿过清风轻吻我的长发，我的春天已悄然滑落。那一刻，仿佛故人重逢，旧地重游，我轻轻挥手，便是万亩桃园。那一刻，我屏住呼吸，我怕胸口的火焰将山河点燃，我怕我不小心掏出心底的爱，我怕这炽热灼伤手臂，无法指给你河流的方向。

料峭微寒，风吹来无字的诗篇。我知道，素颜缱绻的你，从一个飘雪的世界走来，万水千山，你从白走到

红，从一场浩荡走向另一场浩荡。是不约而同吗？你来了，刚好我也在这里，是皈依，也是禅定。我要怎样读你，才能释解你额际眉间的沧海桑田；我要如何转身，才能舞尽你的绝世芳华与殷殷清念。

这一念，是梦里的云朵，是悠悠的落日和炊烟，是远山含黛，亭榭微雨。从山丘到河流，从荒芜到葱郁，我沿着你指给我的方向一直走，走过左边的娇羞、右边的倒影，走过一个人的地老天荒。那一天，我走了很远，从故乡到异乡，从此岸到彼岸，朝着梦里的桃花源。

二月春归风雨天，碧桃花下感流年。流年的风，吹了一季又一季，一年又一年。如果用一支长篙撑开这个季节的微蓝，远山近水、落日云烟，该有多少长情的人，涉于楚天暮色、夜雨巴山，一次次忘了归途。

我想，倘若此生能够与你相逢，我必选择三月，最好桃花微醉；倘若一树的花儿只为我而红，我必摘下一朵寄予你，我想托风儿告诉你，低矮地吐芳和无声地绽放，都会在花丛里浮出瓷音，那声音清脆而美妙，它来自天际，像一朵云和另一朵云的碰撞，像白与白的对饮，像光与光的辉映。它让一枚清梦叠起另一枚清梦，一个春天衔起另一个春天，而我们在起伏的回声里，一边荡漾一边沦陷，直到所有的漩涡连成海，每一朵浪花，都是我们由衷的告白。

一半浅挚，一半微凉

世间总有一盏灯为你而明，总有一朵花为你绽放，总有一个人，为你栉风沐雨，旖旎成孤烟落日下的唯一风景。

相遇，是遇见另一个自己，像云与云的碰撞，风与风的对流；像河流与山脉的贯通，亲人与故乡的重逢。相遇，是飞流直下三千尺的虔执，是蓦然回首灯阑处的千寻，是我在你也在的不约而同。

人群中，只是多看了那一眼，一颗心，便噗噗地跳向你，燃起一簇簇火焰。假如爱有天意，你是否会循着三生三世，怀抱最初的温暖，还爱一个圆满？愿与不愿，生命里每一次的遇见和擦肩，都绝非偶然。

今生，谁是谁的秦淮烟水、乌江皓月，谁是谁的万劫不复、横陈的深渊？窗外柳成林，灯下花如锦，近更听雨声，却似故人归。万籁俱寂亦不寂，时光有痕亦无痕。我们用左手打开谜底，右手捂紧谜面。这世间的情与劫，是谁在四海八荒种下因果，不可说、不能说，一说即是错。

一朵花，一片叶，要经过多少次祈祷，才能和星月互为辉映？一粒沙，一颗石，要经过几世轮回，才能裸露出浪花里的春天？拂手的绿植，盈袖的清香，我们一边撑起重重山河，一边怀抱黄昏的落日，试图托起万家灯火。山一程，水一程，爱一程，念一程，不会有人知道，途中还有不能滑落的雪花，在半空里凝成霜。

如果有人问我，风烟三月，你见过最美的樱花在哪里，我一定会毫不犹豫地回答，它在我心里，一直都在。是的，半暖的光阴，葆有内心的一抹嫣然，浅浅念，慢慢行，不因南山雨歇而花落，不为北水烟寒而择江。

蓓蕾初醒，穿过泥土的芬芳，吐出一朵朵粉红色的梦，幽淡而朦胧，像清晨的薄雾，像悠悠的诉说。此刻，远方的牧兰人正站在高高的山岗，清风拂过柳笛，河水泛起一道道温软的光。

陌上花海，正悄悄打开一枚漫行的心语。我举盏，在一杯桃花醉里与光阴对饮，三分清澈三分浓，半篱青葱半篱梦。我爱生命的浅挚，也爱它的微凉。

汉韵万方，我愿做风中一枝莲

手指轻轻划过锁骨，遂触到颈链下方的莲花吊坠，薄凉中略带一丝暖，孤清里透出万种繁华。这一刻，它之于我既熟悉又陌生，沿着视线，我仿佛走进光阴的深处，在清新而久远的年代，与另一个自己邂逅和相遇。

我看见头上的阳光静静地泻着，高矮纷错的屋宇，坐落在车水马龙的街道两旁。似乎是夏天，偶尔有小鸟飞过，空气中弥漫的香有栀子花的味道。我形单影只地走着，穿过陌生的人群，却不知要去向哪里。

很小的时候，妈妈就曾告诉我，算命先生说我的前世是西北山上的一个侍花女子，命属天河之水。既然如此，我在为谁植花护花，修枝剪叶？今生，那些花儿都去了哪里，她们是沁心的蓝莲还是无名的野菊？不得而知。我看见彩蝶满天飞，不只是蝶儿，也有蜜蜂夹在花丛间。也许，我身上还携有前世的余香吧。

香音袅袅，落桐犹唱。如果木兰簪子的背影里藏着当年的若曦和四爷，那么易安的婉词中一定含着旧时烟雨中不可说的花事。“花自飘零水自流，一种相思，两处闲愁”，这般清愁与谁说？月满西楼，独上兰舟，我以我心寄明月。

茶马古道，新丝旧羽，谁把银簪插在太阳上面？琴亭水榭，朗月清风，谁在一朵花的芬芳里跋涉着无限远？沉默的青瓷，行走的格桑，她们用眼神告诉我：弱水三千，你只取一瓢饮。

关山的风依旧吹，长安的雨还在下。那一个于寂寂梨花中轻舞水袖的女子，那一盏在蒹葭苍苍中等待归人的白露，那一袭涉水而来的白帆，那许许多多开了又谢梦了又醒的粉红蓓蕾，她们都去了哪里？缘何一次次路过我，抚摸我，呈现我，绽放我。

抚一柳轻笛，静静地与这个尘世相拥；唱一曲红楼，任念庵廊下暮鼓沉沉。你不会看见，我衣襟左岸的牡丹，忧郁而隆重，像旧式大宅门里走出的贵妇，试图开尽三生的寂寞和馨馥，在薄而脆的日子里，蕴一世长情和安暖。

汉河的水，殷殷地淌过门前，雁声阵阵，掀起白浪千尺。有人抚琴，有人拈花，有人打马东去，有人十指相扣。沧海滔滔，婉心一瓣，情万顷，韵万方，而我，

终究是落落红尘中的一粒白粟。如果真如命理所说，我的前世是远山上的一个侍花女子，今生，我愿做风中的一枝莲，安静地立于弱水之上，灼灼其华，饮尽尘埃。当你路过时，我会轻轻地挥动手臂，告诉你一朵花的三生。

一枝莲，一世禅，我爱她恬适的芬芳，也爱她无声的辽远。

聚散有时，时光里我们不说再见

九月的灿黄里，微凉的风召唤着我们。大江南北，收获的喜悦蔓延，晕染着每一张笑脸。此时，除了讴歌，我们没有理由不赞美大地；除了赞美，我们没有多余的抒情给这个秋天留白。然而，在这之前的一个月，网易博客突然挂出公告，和我们挥手再见。这个消息，无异于一场飓风的到来，吹得网易人东倒西歪，不知所措。

记得那天我正在大连旅游度假，临近黄昏时，好友爱是琉璃发来消息，告诉我网易博客即将打烊，并关切地问询我备份了没有。过了没有几分钟，好友草可又发来微信，亦是同样的消息。当时，我的心如五味杂陈，竟至无语凝噎。之前也有人说过，网易博客将在年底停用，那时总觉得是传言，可信度不大，现在消息属实，我该何去何从。

于是我停止写字，停止发文，停止评论，停止一切与网易博客有关的更新。时间仿佛在此停滞，血液仿佛在此停滞，连呼吸也停在了这里。公告上说，到 2018 年 11 月 30 日前可以正常使用网易博客，此期间，可以和曾经认识的、擦肩的，有过一面之缘的网易人一一叙旧，一一告别。

如果执意要给我们的心情冠以名称和具象，此时单单用舍与不舍来形容，未免太过肤浅和牵强。多少个不眠之夜，我们在这里相聚成欢，留下一朵朵细雨敲窗般的轻声呢喃；多少个熹微轻启的黎明，我们走进一片片心灵微软的细沙，拾捡被涛浪淘洗的彩石，破解背影拉长的谜底；多少个琴音缥缈的午后，我们抛却世间繁华，一个人悄悄地走进这片幽秘而茂盛的森林，回首曾经的自己，或窃喜，或欢欣，或忧伤，或悲悯。

十几年来，它像一个谦谦温婉的情人，以温暖的怀抱，一点一滴地接纳着我们的喜乐忧欢，爱别离愁，甚至弓起腰，任你爬上背，小妖精似的撒欢、撒野，抑或哭泣，却从未喊过一声累。今天，当我们真正要和它告别的时候，即使用尽所有的力气，也撑不起内心的山河，撑不起它曾经带给我们的日月光辉、雪雨情暖。

我爱，曾经的自己，由青涩到成熟；我爱，曾经的你，给予我的一朵朵爱和芳菲；我爱，途经如烟小屋的每一个亲人，茫茫人海，遇见皆是缘；我爱，你们的每一声呼唤、每一次调侃，每一个表情背后的语言；我爱，我们一起走过的每一个黄昏，黄昏里每一朵小小的夕阳，不管它是喧闹或寂静的、忧愁或欢喜的；我爱，我们一起聆听的雨，洞穿的风。

秋，静默无语，虔诚地守候着每一颗果实的秘密。也许，我的故事过于渺小，不足以惊起一朵浪花的叹息，但光阴的长廊，有你为我轻轻地拂过过眼的尘埃，有你穿过熙攘的人群，为我高高地擎起暗夜的灯盏，有你和我一起栉风沐雨，走过山高水远，日落长烟。

聚依依，散依依，聚散终有时。时光里，我们不说再见。感恩你带给我的所有美好，感恩网易让我们相遇相知，感恩每一束驻足的目光，感恩每一次灵魂的牵手，期待与你再相逢。

你好，好久不见

仿佛夏花还未开到极致，秋天就盈盈地走来了。季节的更迭，从来不以我们的悲喜起伏而改变。这让多情的我们，未免失落，甚至心怀忧伤或惆怅。

中秋节的前一天，同学打来电话，说要送我一些花，让我去他的花店任意挑选。面对满屋的鲜花，我竟有些犹豫不决，择来择去，最终还是选了几株白色和粉色的蝴蝶兰以及正在开花的国兰。想起家里一架一架的吊兰、君子兰，我简直无法容忍自己的兰花控。殊不知，几乎每年的花开时节，我都会为白玉兰写字抒情。

有人说，女人的衣柜里总是缺少一件衣服，我想说，女人的寝室里总是空缺一枝花，可我每次都用兰花填满，空了再填，填了再空，周而复始，乐此不疲。

女人的蜕变，也许从生儿育女开始，从踏进厨房为君洗手做羹汤的一刹那开始，从剪花修篱或手持绣布的恬适心境开始。而我笃信，从我敲下这些字的时候，我的蜕变就已经开始了。

不再刻意铭记或者遗忘什么，该来的，该去的，都是生命必需的经历。

说到生命，我总是不经意地想到宿命这个词，但我从来都不是一个彻底的或纯粹的唯心主义者，亦没有任何形式上的宗教信仰。可在内心，一直相信冥冥中灵魂和肉体是可以分离的。正像我一直认为，一片叶子的枯萎，并不是真正意义上的死亡，而是以另一种我们看不到的形式存在。

这样真好。所以，就有了三生三世，甚至生生不死。太阳不死，才有了永恒的光热；月亮不死，才有了沉沉的黑夜。我爱，这黑的深透，更爱这白的辽阔。

日子里，我们被生活荡来荡去，可生命最终是向暖的。一粒种子的萌芽，可以唤醒一个沉睡的早晨，一百棵向阳花的绽放，可以叫响一片原野，而我的一声赞美，可以唤来整个春天。

秋天，何尝不是呢？你看，天空蓝得多么澄澈，多像人类的眼睛；白云驾着清风飘在头顶上，多像我们从始至终怀揣的梦！

此时，我情愿穿过喧嚣的人群，穿过日子的熙攘，和远方的自己握手相拥，说一声：你好，好久不见！

离兮，半眸清风半指沙

北风，还没来得及吹醒旧事，就在古城外不见了踪影。起风的时候，北疆依旧空旷着，荒蔓着，等待一场盛大的花事，开满这个季节的留白。

心空，早已飘过一场又一场雪。一颗被雪封藏的心，注定是孤寂的，也是清冷的。而我喜欢沿着这样的清寂，一路慢行，一个人、一个黄昏，在远山近水里，看落日长烟轻笼秦淮，听寒寺暮鼓夜泊枫桥。

月凉如水，静而流深。你的城，是否也像我脚下的土地，冰冻三尺，冷得孤绝，寒得清彻？在九十九曲绕梁的星辉下，你站成了风中的唯一，黑夜的唯一，任点点清念打湿衣衫，不肯离去，不忍离去，不愿离去。

风摇落果实，雨洗白尘埃，黑夜以浓稠的告白，揭开一盏盏灯光下的谜底。梦里水湄，月下情人在风口上裸奔，羔羊迷途知返，而江边的渔火燃得正盛。归去来兮，拥挤的路上，有人叩拜，有人匍匐，有人朝圣，有人十指交合。也许，一切都是最好的安排，正如你也在这里。

万水千山，如果我注定是你必经的途中唯一的青莲，那么，今夜，你会是那个风雪中的归人吗？

离兮、归兮，浅笑、回眸。这世间，有多少黄昏时分的凭栏和远眺，就有多少清风拂袖，泪满衣襟；有多少流年风干的诗笺和篝火，就有多少黑夜的仰望和虔执；有多少看似不经意的遇见和重逢，就有多少转经路上的祈拜和成全。

是的。成全一声蛙鸣，成全一朵花开，成全白云朵朵，成全世间种种。

此时，我安于这样的雪月，安于这般静默温良的一隅，舀来半眸清风喂养黑夜，半指流沙交由无常。

倘若熙攘的人群里，你还是那个仗剑走天涯、踯躅独立的行者；倘若你的行囊依然徒留最初的弱水；倘若红尘之外，你我刚好都是彼此寻觅的摆渡人，请让我穿过三江、重返荒原，请让我在无尽的荒原呼出漫天的雪，铺满你脚下的山河，请让我的星空连成你的，请让我们彼此认领，在人间之外，拓展另一个人间。

春风十亖，桃花含羞，一朵一山高，一念一水长。

愿余生所念，寂静欢喜

◆ 2019 ◆

岁末有痕 / 母亲啊，母亲 / 愿余生所念，寂静欢喜 / 六月，和你一起去淋雨 / 晒秋 / 人在半秋，花望月 / 秋，拂过衣襟 / 清秋，不说萧瑟 / 数秋夕，萤草离离 / 静默的梧桐 / 寂静的滨河 / 最后的落秋 / 孩子，我想对你说 / 雪落无声 / 岁月沉香可回首 / 巍巍大茅山，悠悠农垦情 / 文化扶贫，才是真正的济困救民 / 走进湖塘，走进英雄的家乡 / 印象三清媚 / 我爱你，美丽的珊中

岁末有痕

清晨，稀薄的阳光下，莹白的雪淞挂满枝条，煞是惊艳。而地面还是一如既往的空旷，只是，呼吸之间，气息里多出一点点潮湿。如若忽略季节的成分，倒真有几分浅春拂面的清爽，竟让人一时忘记了身居北国，此时此刻，正临三九的凛冽与孤绝。

或许单一的冰冷，缺少了北风的呼啸，因而缺少了狂野的嘶鸣。有人说，就在半个时辰前，城南下了一场雪，且是传说中的鹅毛大雪。这是入冬以来的第一场雪，也是唯一的一场落雪。我住在河流的北岸，自然与它无缘相遇。而我的心是欢喜的，甚至有一点儿小小的雀跃。

是的。在简单的欢喜里，温火烹茶，素时煮雪。穿过世间的熙攘，任拂手的绿萝、绕膝的兰馨，于向暖的时光里，撞出叮叮当当的声响，而我怀抱着生活，与花香对语，和远方握手，时而呢喃，时而与之楚楚地对望。这美，这阳光，这眉宇之上轻轻掠过的风，一次又一次牵引着我，蹚过一条条河流、越过一座座山峰，奔向那片无以冠名的草原。

草原边的火车、花朵，以及轻轻漫过脚踝的虫鸣，那些似是而非的叮咛，深深浅浅的脚窝，它们像天边的云朵，去了又来，近了又远，故人一般挥手再挥手，微笑着和我说再见。

昨夜的梦，再将浅浅的心事灼痛。而我依然喜欢站在黑夜，手持灯盏，在岁月的豁口上，打开另一片天空，霏霏细雨中，看红墙碧瓦洗白过往，听前朝旧事咿呀众生。

戏里的红颜，会成为舞台下的知己吗？也许，青山白头，一江春水依旧东流。我说，生活是一本永远都在路上的经，虔诚的人念得久了，最终会抵达彼岸，成为自己的佛陀，手拈莲花，只心朝圣。

相信星辰吧，就像相信花开花落。你说，风吹断桥，雨覆长安。绕过九曲十八盘，烟村脚下，一树一树的梨花，像伊人的粉面，含羞浅笑，一边低吟，一边绽放。

掬一米阳光，把盏清欢；舀半袖清风，与日月同醉。纷纷，我的情欲；纷纷，我的世界；纷纷，我的爱与念。

轮回的路口，不说聚散。愿一切有痕或无痕的路过，都得以空谷幽深的回声；愿世间所有的心许，都得以阳光下的成全；愿花开有时，静水流长；愿我眼里的山水，长成你心中的岁月，玲珑每一瓣幽香的时光。

母亲啊，母亲

昨夜的梦，依稀还在眼前萦绕。离开了整整十五年的母亲，在梦里又一次回到我的身边，拥抱着我，轻轻地拍打、抚摸我的长发，一如年少的时光。那一刻，我明明知道她老人家去了另一个世界，却没有丝毫的恐惧；那一刻，我任由母亲爱抚，却羞于说出心中满溢的爱和思念。

母亲选择在春天离去，在人间四月芳菲尽的时节，于这个世界，她给自己画上了小小的圆点。记得那天，母亲气若游丝，一屋子的亲人，眼巴巴地看着奄奄一息的母亲，却又爱莫能助。这时，正在院子里玩耍的七岁侄儿，淘气地跳上一辆破旧的三轮车，并将开关打火处两个裸露的线头对接，立时，这台失灵久置的三轮车，竟然鬼使神差般地启动，像给足了马力般冲出去，撞上了院子里停着的另一辆车。随着一声巨响，母亲身边围拢的人迅速跑出屋子，一看究竟，房间里唯一的母亲，缓缓地闭上了眼睛。

是的，此时，我宁愿相信，母亲的灵魂是飞出去的，随着窗外的一声巨响，她穿过自己，穿过亲人，也穿过人间的鸟语花香，飞向了另一个美好的世界；此时，我宁愿相信，母亲选择在这一刻离开，不早也不晚，正如她最初来到这个世间。直到今天，我一直都相信着，冥冥中的摆渡人，一定在母亲的病榻旁或者那间屋子的窗外徘徊了很久，直到母亲与亲人一一告别，与这个世界告别，与自己告别。想必，母亲走的那天，在那个空旷的我们看不到的荒原上，母亲应该也是一步三回头吧。

母亲的一生历尽坎坷，受尽磨难。在她十几岁的时候，双亲先后离世。母亲结婚后，父亲一直体弱多病，家里的体力活基本都由母亲担了下来。我六岁时，父亲病逝，母亲一个人带着我们兄妹四个，度过了一个又一个艰难的日子。

20 世纪 70 年代，农村实行联产承包责任制前夕，母亲依靠在生产队劳动挣工分养家，那时，除了大哥能帮母亲分担一下家庭的重担，我的二哥、姐姐都在学校读书，而我还是一个懵懂无知的小丫头，对眼前的一切，感觉顺理成章、无可挑剔。无知者无畏，有时我在家里玩腻了，就跟着母亲去农田，蹦蹦跳跳，真个少年不知愁滋味。

记得那年秋天，我跟随母亲去地里刨红薯，在一群大人们的身后，我把又白又胖的红薯捡起来，堆在一起，像小山。这时，一个叔叔悄悄地喊我过去，给了我一根长得像鸭子一样的红薯，然后小声叮嘱我，送给前边正在劳作的大婶。我听话地跑过去，将这根特别的红薯递给那个叔叔指定的人，并按照叔叔的吩咐，问了大婶红薯长得像什么，殊不知，大婶二话不说，上来就把这根红薯的嘴巴掰下来，并向远方投了出去。我不知所以，顿时哇的一声哭出来，引得那个叔叔和旁边的人哈哈大笑，然后母亲揽我入怀，告诉我这位大婶的外号叫鸭子，我这才停止了抽泣。

母亲不仅是田间的劳作能手，还是一个典型的贤妻良母。那个年代，人们缺吃少穿，倒也自得其乐。每年秋末冬初的时候，田里基本没有什么耕收。每到晚上，我们姐妹兄弟常常和母亲一起，围坐在煤油灯下，一边剥着晒干的棉花桃桃，一边听母亲讲述陈年旧事，外面的小北风吹着，木格窗里的灯花儿跳着，竟觉不出一点儿冷。更让我震惊的是，第二天清晨醒来，被我穿脏穿小的棉衣，一夜之间，竟奇迹般地被母亲拆洗缝好，焕然一新，而亲爱的母亲，还会像往常一样，按时做好早餐，开始一天的劳作。

其实，母亲的聪明好学，也常常为街坊邻里和身边的人称道。记得我读中学时，学过陈毅先生的《梅岭三章》，当时我只是漫不经心地读了一两遍，却被身边的母亲听到并熟练地背诵过来，直到她老人家去世的前几天，还能熟练地背给我们听。母亲常常是一边做家务，一边听收音机。她把从评书里听到的三国、水浒故事，一次次津津有味地讲给我，时常让我听得入迷，以至于那些历史英雄，很长一段时间影响着我，也鼓舞着我。中华历史的博大精深，竟然被母亲诠释得如此绘声绘色。

母亲像一棵小草，顽强地走过了她的一生。是的，简单甚至卑微的生命，母亲活出了她独有的精彩。母亲没能给我显赫的身世，没能给我留下半毛钱的积蓄，但她老人家却传承给我一颗向暖的心，让我在生活中随时葆有一份善良、宽容、感恩和悲悯之情。如果生命注定是残缺的，那么因了爱，日子里便多出几米阳光，因了不多的几颗蜜糖，生命才有了半暖和微甘。

我想说，母亲一生所秉持的善念善举，将会深深地影响着我，也激励着我，在生活中做一个小小的光体，哪怕只是夜晚的萤火，也要以微弱的光，照亮别人，也照亮自己。

倘若真有来生，那么，母亲定会像她的名字一样，住在一个有云朵的地方，那个地方叫天空，而我每一次的仰望，都会有云朵坠落，一片一片，落进我的瞳眸，也落进我的爱和忧伤。

愿余生所念，寂静欢喜

三毛说：岁月极美，在于它必然的流逝，春花、秋月、夏日、冬雪。四季风景，像极了人生，各自成欢，又各有各的美丽。年少的轻狂不羁，青春的烈火如荼，中年的知味清欢，暮年的大道至简，都在各自的生命琴弦上，跳出最动听的音符，由近到远。岁月拉长的，不只是背影，还有夕晖之下石头花里镌刻的誓言。

是的，清晨的花开，傍晚的余烟，小河流水，斜阳过境，无一不在流逝之中演绎光阴的妩媚和传奇。

一转眼，孩子由十年前的牙牙学语，长成一米八五的翩翩少年；一转眼，从前的无名小树，变成人人仰望的参天大树；一转眼，我们已经成为枫桥之外的此岸和彼岸。

拂手的绿萝，盈目的雨滴，一次次触摸灵魂的柔软。光阴的长廊里，我们得到又失去。曾几何时，我们像一个个受伤的孩子，偷偷地在暗夜里掩面哭泣，也常常对着一首曲子，反复聆听和吟唱，却没有人告诉我们，黎明的窗外，有没有自己想要的结局。

念沧沧之浪水，感天地之悠悠。悠悠我心，我心幽幽。

关山的风，还在吹吗？古城石林，痴情的女子阿诗玛，还在寻找年轻的爱情吗？那个以梦为马的年代，覆没了多少诗人的幻想，不会有人知道，这个世间，是否还有梦雕的城堡，可以许自己半片星空，一世安暖。

浅夏，浅浅的风吹着，每个细节都变得如此轻柔。田野起伏的麦香，让心湖衔起初生的涟漪。小满时分，半满的生命，与时光对坐、与生活握手，每一枚回忆，都是一次幸福的聚首。

再聚首，长安路上，杏花烟雨，当是来年春起时。彼时，一个叫云上的小镇，将敞开久违的怀抱，静迎一树一树的花开。风中的我们，一个轻舞水袖，一个潇潇雨歇，浅笑驻足，任时间凝固，落香成谜。云上，多好听的名字啊！白蓝相间，闲情几朵，无关红尘，无关花事。

余生，如果可以，我愿安于这样的小镇，薄暮时分，采几片斜阳，数过往尘埃，看人来人往。我愿，你路过我时，轻烟绕梁、流水琳琅；我愿所念寂静、风儿无声；我愿你是欢喜的，每一朵花儿是欢喜的，山那边的琴音亦是欢喜的。

我愿人间万物，饱含温暖，就像时光里初初的遇见。

六月，和你一起去淋雨

篱笆墙的影子，再一次将黄昏拖出。夕阳下的花儿，比以往开得更盛。

世间风景，远远近近的山水，信手拈来，入诗、入梦、入酒，余下的部分，我拿来入画。闲暇之时，喜欢将生活涂成五颜六色、异彩纷呈，比如男人在左、女人在右，比如一个安于草地、一个翘望彩虹。无疑，我要他们年轻，最重要的是，我也年轻。

又是一年麦儿黄。窗外的布谷鸟，习惯于清晨打开喉咙。只是我用尽浑身解数，也无法知晓它们的语言，是否有关爱情，或者只是一个被念旧的传说。倒是田间的收割，少了彩镰，少了汗水和汗水混在一起的磅礴。此时，多少游子穿过橙黄的麦粒，在故乡和异乡之间，将童年的碎片一一复原。

情归何处？尘世间，不是每一个行者都能觅得自己的归途。

那年，火车载着诗人的梦，抵达最后的草原；那年，一个叫长安的女子，穿了她最喜欢的旗袍，在风中长长地守望，终于将自己化成了流泪的石花。

桃花朵朵，朵朵寂寞。那年的戈壁滩，那年在星光下默许的一枚枚誓言，以及誓言之外的故事，早已被岁月风干，终成廊桥遗梦。

千年一梦，每一场等待和奔赴，皆始于必然，终于无声。

正如歌里所唱，屋檐似悬崖，风铃如沧海。在一阕阕无题的诗词里，春天渐渐走远。可春天的花儿还在，它们结出果实，结出一树树饱满的收成。看，云朵飘过青山，夕晖漫染门湖，偶有蜻蜓起舞，濡湿的裙角下，一束含羞的目光，正涉水而来。

夏至未至，夏风，却提早将未眠的花事吹来，暖暖的，像故人的呼吸。仿佛咒语一般，它们从身体之外摄住我，且就地为往事画了一个圆。此时，只想弱弱地问一声，远方的你，还好吗？风，会记得一朵花的香，而我，将会把一颗果核包裹的秘密深深掩起。

六月，如果可以，我想回到时光里，和你一起去淋雨。请让潇潇的雨，洗去人间尘埃；请让寂寂的风，掏出我们胸口的雷鸣；请让天空为我们做证，时光不老，我们不散。

晒秋

说到秋天，我们首先会想到金黄的谷子、火红的柿子，以及遍地的玉米，和一天浓似一天的落叶。其实，作为一个季节的包含，这只是其中极小的一部分。不说盈目的桂花，不说拂手的栀子香，单说散落的油葵、野菊与荷花，就已经让人目不暇接。

秋风秋月、秋山秋水，自古以来，文人墨客就不惜浓情重笔大加赞美。一首唐诗、两阕宋词，任半个弦月，垂钓起千顷碧波。于是，整个秋天的韵景，从浅秋、中秋到晚秋，在如画师的作者笔下，流淌出一曲曲缱绻的音符。

而我想说，秋天况味最浓的、最具诗意的景致，要数晒秋。每年的立秋一到，大江南北，每家每户都会将自己一年的收成，晾晒在宽敞的院子，或者院墙之上，甚至晒在自家房屋的顶部；有的人家将刚采摘下的红辣椒、刚收割的玉米串起来，挂在房檐下；也有人家将收获的茄子、土豆切成片，悬在门窗之上。总之，此时景象，如果用赤橙黄绿青蓝紫来形容，一点也不为过。这就是坊间流传至久的晒秋。

今年的立秋时分，我去南方采风，路过婺源，特意选择篁岭景区，观看传说中的晒秋，它是我有生以来看到的最美，也是最壮观的晒秋。它的美，在于山路的崎岖、溪水的蜿蜒，在于千年香樟的神秘、红豆杉森林的静默，更在于当地民居的古朴纷错、高低起伏。从远处看，青灰色的瓦顶被人字形屋脊托起，背后苍翠的群山，和脚下茂盛的芭蕉林遥相呼应。那些低矮的绿植，我无法一一叫出它们的名字，却在这个山间小径上，与它们相遇和相识。

如果说，这些都是初秋的背景和衬托，那么，每家每户屋顶上的收成，才是晒秋最美的主题。每年的这个时候，村民们用竹筒把收割下来的玉米、南瓜、辣椒等挑到屋顶，按类别分放在一张张圆形的木板上，摆成心形或者“秋”字形状，还有人别出心裁，将鲜红的辣椒排列成国旗的形状，惟妙惟肖。于是漫山的秋色，在勤劳灵巧的农夫农妇手里，就成了一道道望不到边的风景。它们与几百年的老屋一起，递延着这里的古老民俗、民风，也见证着古老文明的一代代传承。

此情此景，让我想起年幼时的秋天。那个时候，农耕品种比较单一，机械化程度相对落后。地里种植的除了玉米，就是棉花和红薯。每逢秋收时，我便跟随母亲去地里干活儿。干旱的黄土地上，我们头顶烈日，用柳条编制的背筐装满掰下的玉米，再穿过浓密的玉米秸，将一筐筐玉米从地头背到地尾，直到黄昏时分，堆成小山的形状，等着马车一一拉走。做了一天活计的妈妈，晚上还会带上我去生产队里掐谷穗。第二天天亮，不算大的生产队场部，就被收割下来的玉米、谷子铺得严严实实，炎热潮湿的空气里，飘着谷米特有的香气，也飘着大人小孩的笑声。这是我人生经历的第一个晒秋，一个纯粹的、原生态的晒秋，它晒着那个年代，晒着乡亲们的汗水，也晒着我和妈妈的小手和大手。

当秋天再次来临，当漫山遍野的红椒香随风扑来时，我对秋天的爱和执着更多了一重虔诚和敬畏。此时，远山近水、家家户户的晒秋轰轰烈烈，隆重而深沉。如果说春天是一个脉脉含羞的少女，那么秋天就是一个成熟妩媚的妇人，她怀胎十月，妊娠产子，并将粉嫩的婴儿交给大地，也交给苍穹。

晒秋，晒进阳光和历史，晒出收成和故事。在一进一出的轮回里，我们触摸一个个闪光的名字，一滴滴芬芳的汗水，一袭袭被光阴拉长的背影。

其实，季节和生命，又是多么地神似和雷同啊！中年的行走，何尝不是生命旅途上的晒秋？不同的是，生命的秋天，滤去繁华与尘烟，滤去狂傲和不羁，滤去肤浅与卑微。生命的秋天，坦坦荡荡、华而不奢；阳光下，它袒露的，除了恬适的微笑，除了从容的俯仰，除了洞穿一切的淡然，还有不喜张扬、深藏谷底的暗香。暗香如流，也如故。

生命的秋天，不与春天争芳华，不与夏天比浓烈，不与冬天斗寒彻。它懂得，在时间的缝隙里，发现并打造真正属于自己的天空，懂得把自己开成一朵花，在风雨兼程的旅途中，倾听世界，倾听万物，倾听自己。

季节和生命的收成，为晒秋涂上一道道诗意的色彩。我爱秋的饱满，也爱它被抽剥之后的成熟和笃定。晒秋，不仅是传说中的民俗民风，更是一场大道至简的生命洗练和馈赠。

大地妈妈，您孕育万物，以博大的胸怀拥抱阳光和雨水。请允许我以一粒谷子的身份，匍匐在您的脚下，亲吻您的前世今生；请接受每一颗果实的朝拜和礼赠；请悦纳每一份沉甸甸的爱和收成。

人在半秋，花望月

蒹葭苍苍，白露为霜。每年的白露时节一到，就到了中秋月圆之时。而我更喜欢把中秋叫作半秋，不仅仅是诗意，还有迎合“半夏”之由。说起半夏，好像一眨眼的工夫，它就从我们身边溜走了，随之远去的，还有夏天的蛙声、蝉鸣。它们的叫声不再像半夏时那么清脆，也不像盛夏时那么苍劲，风偶尔也会传来它们的叫声，只是声音变得稀疏、渺小、孱弱且苍白无力。

它们都老去了吗？还是像花儿一样，慢慢凋零，直至枯萎？此时，我不禁想起路边结籽的蔓草，田野里被果实压得吱吱作响的树木。明明昨天它们还是一棵嫩芽，一瓣花蕾，或者，也仅仅是一树开着的花啊！仿佛幻象一般，它们在我眼前突然变得模糊、失真。也许是急于寻找真相，我刻不容缓地打开空间相册，翻看昨日的留痕，一树树粉嫩的海棠、桃花还在，清晨的露珠还在，它们在茂盛的枝叶上悬着，不能落下，亦不肯落下。

时光荏苒，它把晨曦变为暮阳，把年少化为苍老。所幸，我们依然拥有阳光和雨水，拥有爱情和温暖，拥有月缺月圆的梦想和期盼。

是的。憧憬的日子里，我喜欢半秋的阳光慵懒地缱绻于黄昏的小巷，喜欢半秋的雨轻轻敲打轩窗，也喜欢半秋的花香和金黄的谷子互放光芒。

此时，身处半秋之中的你，是否也像我一样，牵着时光的酥手，易感而柔软？或者，像花儿望月，欲将一阕未眠的秋事，说与风儿，说与星星，说与夜晚一朵朵起伏的浪花。

风过桂花香，月满人面黄。半秋的山浅黄，半秋的水微凉，半秋的人儿，在水一方。倘若，那年的渔火还在，婉笛萦绕的小舟还在，甚至风与风传递的信物还在，衣袂飘飘的你，是否还会穿越千山万水，奔赴一场秋天的约会？此去经年，故人已辞黄鹤去，唯有旧花独望月。

半秋、满月，或者半月、满秋，这些从远古走来的词，仿佛有意捉弄众生。生命，总有未圆之时，未圆之事。因为未圆，所以未愿。在半暖的时光里，我更喜欢这样的偈语：月盈则亏，水满则溢。每一次的月圆，都会相伴人生的缺憾。人在半秋，千顷良田，果实硕硕，终是掩不住内心一隅的失落和惆怅。那么，就让花儿告诉月光，我们内心深处的爱和暖，就让辽远的月光包容我们，也包容万物；那些不曾唱出的歌，不曾落下的雨，不曾结出的果子，我祈愿你们，也祈愿人间，花好月圆。

秋，拂过衣襟

再次遇见秋时，我正在千里之外的异乡，寻山访水，轻抚古朴的民居，静拥神秘的古树。不得不说，这片神奇的土地，又一次俘获了我的柔软。那个时候，盛夏的余热还未褪去，甚至还有些登峰造极之势。因此，给我的感觉，浅秋更像一个温文尔雅的少妇，一手怀抱小孩，一手提着一篮子的瓜果，站在夏天的门外，等待我们从梦中醒来，睡眼惺忪地起床，开门迎纳。

越是浓烈的东西，葆有和持续的时间越是短暂，比如盛夏和酷暑，比如浓情和热恋。当我们真正地感觉到秋天到来时，秋，已经走去一半。天凉好个秋，如果仅仅用“凉”来形容秋天，未免太过单调。其实，与秋天有关的风景，都会让人心生向往。秋风、秋月自不必说，秋阳、秋雨，也早已被世人纳入诗简词赋，或者谱成一曲曲风雅的小令，流传至今。比如，现代诗人余光中先生的一篇《听听那冷雨》，就是借冷雨抒情，深深地表达了自己对故乡的思念。

而我想说，秋至中，方显其美。中秋的美，摒弃了初来时的肤浅和卑微，摒弃了晚秋的浓重和忧伤；中秋的美，不仅在于花好月圆，更在于万物回归时的淡然和宁静，在于它的不惊不扰，不喜不怒，不卑不亢；在于微凉的风里，我们可以怀揣一颗恬适的心，看不再依依的杨柳，不再怒放的菡萏，不再蛙声四起的荷塘，不再挺拔如初的梧桐。这时，柳叶苍绿，有的微微泛黄，偶尔在风中盘旋，滑过脸颊，滑过手臂，而身后的湖水，时而有野鸭白鹅荡起微波，芦花片片，点点含露，岸上三三两两的人群里，传出悠悠的葫芦丝美音，而这一切，连同桥上驻足的女子，都被写生的少年摄取，入画，亦入梦。

中秋的静美，是不言而喻的。因静生美，或者因美而静，淡雅的光，相互对峙和映射。中秋，多像一个背负行囊，走得气喘吁吁的旅人，停在半山腰上，一棵枝叶茂盛的桂花树下，轻轻地点燃一支烟，仰望天空，什么也不说，什么也无须说，什么也不能说，只是安静地吸吮，像吸尽过往，吸尽生活，吸尽日子。而短暂的滞留之后，还需继续行走，一边临风沐雨，一边芒杖天涯。

沉甸甸的日子，行在漫漫长路上，有欣喜，也有挥之不去的忧伤。正像三毛所说：时光的静美，在于它必然的流逝。光阴无法让风月为其驻足，无法停留一朵开着的花、一株疯长的草。你看，昨天的花儿已结出一树树的果实，果核里包裹的秘密，谁又能说得清一场花事的悲欢聚散，来去冷暖？是的，时光的美，在于行走，在于流逝，在于季节交欢时分的花开花落，云卷云舒。

秋，拂过衣襟；路，朝着更远的方向延伸。也许，几天之后，我再去赏花，将是雨打残荷落地红。而我，不会再像年少时，期期艾艾地问妈妈要花不落，月常圆。我想说，深秋的寂，更富妩媚和深沉。不管是崖上的花，还是地上的草，都像被露水洗过一样晶莹，它们会在黎明的晨曦里挂满白霜，经过漫秋的腌制，慢慢变黄、变红。真正的落叶知秋啊！即使是汹涌的潮声，也不再像从前那般义无反顾。这时，动和静都是那么地有条不紊，不急不缓，相得益彰。寂寂的清欢，寂寂的远，寂寂的近，都在我们寂寂的聆听里，慢慢散开。

行至此，我们与疾驰的自己两两相见，握手言和。光阴，赋予我们满满的收获，收获里有叹息，也有小小的遗憾。我们允许一束阳光的照耀，允许日子的昙花一现，也允许一颗瘪谷、一枚盲果的存活。从春天到夏秋，我们感恩每一株绿植的陪伴，感恩生活教会了我们从容和恬淡，感恩生命由肤浅到深刻的羽化和蜕变。

渐行渐远的秋，渐行渐远的日子，渐行渐远的我，饮一路尘埃，洒半生落香。

清秋，不说萧瑟

每年的十月，都要去赏一次红叶，这似乎已经成了惯例。离我最近的红叶景区，要数北京香山。可我去过香山数次，也没见到真正的红叶，所以每次都是空空而归，我想，大概是因为我去得还不够晚。据说，香山的红枫都在山谷的另一边聚集着，需等到 11 月初，才会见到遍地的落枫。但我一直觉得，香山除了古松，就是稀稀拉拉的银杏树，杏叶灿黄的样子，有点不真实，比画更像画，比传说更像传说。

几天前，圈里的友人又在议论着去井陉仙台山采风，听说那里的红叶，要多过香山数十倍。不知不觉，又到了漫山飘红的时节。而我，依然还在清秋里徘徊，不肯往秋的更深处走去。

秋分三季。其实，人们一直无法真正界定三秋。当秋一天凉似一天，落叶一天多似一天，真正的深秋就要到了。可我更喜欢深秋未到之时的清秋，这个时候，树上的叶子是苍绿的，偶尔有几片发黄的，从枝头慢慢飘落，划过脸颊和发梢，这时，如果我愿意出手，在空中轻轻一挥，就能触到它们。

这个时节，秋，仿佛无处不在。那天，工作之余，我从办公桌上的一株绿萝上，随意剪下一枚叶片，贴附在一张莹白的纸上，并随手将它彩打出来。这时，我竟然傻傻地分不清，哪一个才是真实的叶片。我想，如果我眼里的清秋，全都被我摘下来，一枚枚打印出来，留住此时此刻，那该多好。可是，清秋的美，怎么可以是我一己之力能够临摹的呢！

清秋，位在中秋和晚秋之间，但它的美，又凌驾于二者之上。它摒弃了中秋的庸热，又巧妙地避开了晚秋的深冷。它没有花好月圆的浓烈，没有落红满地的绝艳，但它自始至终秉持一个“清”字，清濯万物而不伤，将人间清醒，也将自己清醒。

我爱清秋，爱它清零零的山，清零零的水；爱它不着粉饰的素颜；爱它不多一分也不少一分的清凉。这清凉，是清欢、是孤独，是一盏茶里的小小心事。它不是梦里花落知多少的忧伤和惆怅，也不是花自飘零水自流，一种相思两处闲愁的无奈和叹息。它是风，清凉的风，吹去过往；它是雨，潇潇的雨，洗去尘埃；它是农人手里沉甸甸的收获；是一个卸下背囊的行者眉宇间微微绽开的花朵。

自古以来，人们写秋念秋，大都离不开冷雨和寂寞。而我站在清秋，微凉的风里，不说萧瑟。

取一纸素笺，在浓淡相宜的阳光下，将万里山河写意，一曲水墨丹青，就成了会飞的云朵。曲径通幽的林间，随手拾捡一枚落叶，它泛黄卷曲的样子，多像我们走过的路，深深浅浅，晨起日落，每一条细小的纹络，都是我们的脚窝。

大自然赋予清秋独特的美，也赋予它独特的爱和使命。清秋的驻足，让我们在漫长而又短暂的时光里，学会自省、学会放下、学会感恩、学会宽容。是的，放下叹息、放下凄怨，就是放过自己，放过生活。在微凉的日子里，感恩生命给予的一切，哪怕生命负我，哪怕生活千疮百孔，也要学会微笑，向暖前行。

以清净心看世界，以欢喜心过生活。这是散文大家和佛学大师林清玄说过的一句话。是啊，人生最美是清欢。在这个寂静的清秋，我漫步在林间的青石板小路，没有花香、没有鸟鸣，头上甚至没有往常的阳光。也许，连虫儿都在为自己准备冬眠吧！可我的心是欢喜的，目光是欢喜的。因了这份欢喜，周围的一切便也渐次生动起来，包括雨打的野菊，浸霜的蔓草，以及树上悬垂的柿子。此时，它们在我眼里，没有半点萧瑟之态，相反，比之前更鲜活，更耐读，更具品味。

我想，该是回去的时候了。我从路边随手捡起一枚石头，些许冰凉，但它的不规则形状，瞬间俘获了我的好奇心。不是吗？人间的凹凹凸凸、平平仄仄才构成了多面的生活。我要让它代我记下这一刻：清秋时分，我来过，没有太阳，没有云朵，只有我一个人，和在心里唱给自己的歌。

数秋夕，萤草离离

落笔成秋也成欢。此时的秋，在我心里，已经不是一个简单的时节，而是一种情结。它呼之欲出，却又隐隐而居。我知道，是该唤醒它的时候了，我须将它从我的胸口里掏出来，面朝天空和大地。

一场秋雨一场寒。仿佛，每一个深秋都和雨有关。而我更喜欢把深秋的雨叫作冷雨，或者寂雨。深秋的冷，不同于其他，相比初秋或中秋，它多了几分凝重、几分深沉、几分从容、几分淡定。而冷之至寂，便让深秋徒增一种孤清的况味，但这份孤清，因了岁月的磨砺而生出的绝艳，寂而不幽，浓而不烈。总之，深秋和雨有染，它们像一对情人，相互依偎和缠绵。在枝头、在湖畔、在田野、在山腰、在一个又一个烟雨蒙蒙的日子里，秋向更深处走去，越走越远。

深秋，多像一个故人，从最初的交欢，到渐渐地淡出视线，一袭清影，演绎了多少阡陌纵横的故事，一阕阕，醉染流年。回首来时路，三月的花开，五月的倾诉，七月的蝉鸣，一瓣嫩芽由翠绿到苍黄，几多欢笑，几多欣喜，几多落寞，都在一曲《渡风》里，悠悠了离人的清愁。听，谁在月下吟唱："溪水西，香笼月低，故人相聚，共听山雨；数秋夕，萤草离离，回时晚风，青袍被吹起。"

是啊！数秋夕，萤草离离。山雨，是一个多么晶莹而又灵慧的词语啊！只可惜，萤草离处，故人已去。如果星星会说话，它一定会吐出所有夜晚的秘密；如果清风是十月的信使，那么每一次月下的相聚，都是注定的荼靡。

十月落秋，那些绽放的花事，那些飘飞的鸟语，那些殷殷的嘱托，那些盈盈的灯火，都在风一更雨一程的旅途上，渐次远去。

深秋的美，在于它的寂寞，它的清欢，它的非同寻常的沉默和寡言。大智无言，真水无香，我想用来形容深秋，是再恰当不过了。当落红满地，寂雨潇潇的时节又一次来临，久违的离愁别绪更上心头。是啊，你的秋，一直让我牵肠挂肚。想知道，山那边的枫叶红了吗？银杏树泛黄了吗？你在他乡还好吗？弱弱地问询，不惊风雨，不惊世事，我只在隔岸的一角儿，看你的天空，云卷云舒，而我在花开花落的起伏声里，轻柔地打开身边的小河，看流水潺潺，听叮咚呢喃。

村上春树说：每个人都有属于自己的一片森林，迷失的人迷失了，相逢的人会再相逢。而我想说，每个人的心中，都有一个落秋，落秋在脚下，亦在心中。在这里，你可以从容地穿过残荷败絮、枯声寂雨，也可以捡拾一枚遗失的果实，从沉默的果核里，抽出春天的娇蕊，夏天的花语。在一叶独行的小舟里，看鱼儿游过光阴，水草浮萍四野。前行的路上，也许有对岸尘烟四起，古道长亭，离人打马归来；也许，漫漫长路，青草离离，寒寺的钟声叩醒尘梦，等待与守望终又成空。即使这样，又如何呢？在落秋声里，细数一个个远去的日子，看风吹过蔓草，听雨敲打横笛，远方，含烟的小村重又升起夜晚的篝火，歌声缥缈，树影斑驳，一声声，是期许、是热望，是欲说还休的心事。

一道残阳铺水中，半江瑟瑟半江红。如果说深秋的美，在于它的萧瑟，在于一道残阳半江红的淡美和忧伤，那么，此时，我愿蹚过满城的落红，在绵绵细雨里，向南飞的燕儿问一声：明年春起，可愿再回故里，和我一起看细水长流？

是的，来年春暖花开时，你可愿归来，与我细数光阴？数秋夕，萤草离离，而我的魂魄，一直会牵系着这片土地。

转身，我再次走进深秋，走进心乡，走进一个人的山高水长。

静默的梧桐

这个时节，最耀眼的树木是梧桐，最让人敬畏的也是梧桐。

看到梧桐，不由得就会想起桐花万里，漫天飘香的四月。如今，四月早已远去，而它的芳菲，却一直萦绕在我内心深处，挥之不去。

你是人间四月天。民国才女林徽因的一首诗，更是道尽了四月的妩媚和风情。四月的天里，桃李盛开，蝴蝶飞舞，而我爱之至极的，却是长在四月间的梧桐。它不像迎春花那样俏丽争春，不像桃李般妖娆鲜艳，它只在万花怒放时，悄悄地赶来，但它绝非为了赶场。它的到来，旨在完成一场使命，一场颠覆世俗认知的重大使命。你看，它的花不是开在大地之上，或者高出地面一点点，它的起点和定位，远远地高出其他的花儿，甚至凌驾于任何花树之上。每年的四月一到，高大挺拔的梧桐树，就会开出一串串的紫花，悄无声息地，一夜之间就开满大街小巷。不仅如此，桐花怒放，从来就不张扬，不显赫，不忸怩，不做作。我想，真正的气场，也许就该是梧桐这般的乾坤朗朗，荡气回肠。

五六月份的时候，桐花凋谢，梧桐便以它宽大肥厚的叶子，为人们带来一夏的清凉。风一吹，树叶之间的碰撞，发出沙沙的响声，这时，生活的温润与和谐，世间的美好与博大，都在这沙沙的声响里蔓延开来。

每逢细雨蒙蒙的日子，我便会撑开油纸伞，站在梧桐树下听雨声。一滴滴，从圆形的叶片落下来，像婉约的心事，默默地倾诉。遂想起李清照的《声声慢》里的一句，“梧桐更兼细雨，到黄昏，点点滴滴”。是啊，梧桐细雨，叩醒清愁，有多复古，就有多朦胧。

而眼下，正值晚秋。抬眼望去，一排排高大的梧桐，没有了往日的蓬勃之力，没有了漫天飘香的桐花。此时，它们静静地站立着，沉默着，肥大的叶片，失去了往日的光鲜，甚至开始锈迹斑斑。我不甘心，秋天的残忍，竟然这么无情地劫掠了它们的青春。那一刻，我站在梧桐树下，透过浓密的叶片，仿佛在寻找一枚枚旧日的足迹。此时，我看见，一串串枝丫上结满桐籽，像悬垂的小铃铛，倒挂在时光里，甚是好看。更让我惊讶的是，这个冷寂的晚秋，竟然从拥挤的枝条间，长出一片一片的新叶，甚至还有刚刚绽开的桐花。人说，一山四季，但我如何敢相信，一株长在晚秋的梧桐之上，怎么可以结出四季。是的，新生的叶片，新开的花儿，苍翠的叶子，和枯黄的即将脱落的叶子，怎么可以完整地共生于一棵树之上。我用力地眨眨眼睛，看了又看，想了又想，终究看不出因果。

春风桃李花开日，秋雨梧桐叶落时。早在一千多年前，唐朝诗人白居易就曾对梧桐秋雨做过精雕细琢地描摹。花开之时，桐花也开了。但它的花，褪去了桃花的妩媚，李花的喧闹，杏花的轻浮，它的紫色的宛若喇叭形状的花儿，仿佛在向世人昭告它的花期。花落之时，它依然在挤挤挨挨的生活里，极力地开出新花，长出新叶。它的周身千疮百孔，新伤挨着旧伤，但它不会喊出一声痛。它可以坦然地接受苍老，接受飘落，接受凋零，但它拒绝卑微，拒绝向一切腐朽的势力低头。不管风吹雨打，它一直挺直脊背，高昂着骄傲的头颅，朝向天空，而它的根，却深深地植于脚下的土地。

其实，我更想说，晚秋的梧桐是寂寞的，但它绝不孤独。它将自己一生的故事说给太阳、月亮和星星，说给风，说给雨，说给每一个途经它的路人。. 它的静默，就是它无声地诉说。

人间万物皆圣明，道是无情胜有情。梧桐走过四季，不管是花香满巷的春天，还是枝繁叶茂的夏天，抑或清幽孤寂的秋天，它将殷红的心事深深地掩起，却将自己的一生，完整地献给了这片土地，献给了苍穹之上的日月星辰。晚秋里的它，多像一个伟岸挺拔又沉默的男人啊，饮尽风雨尘埃，累了倦了，轻举酒盏小酌，或者静静地点燃一支烟，目不转睛，旁若无人地大口吸吮，但他从不在人前流泪，从不会喊出一声苦。他可以接受世间种种悲喜，但从不屈从于命运的安排。

梧桐，我生命的梧桐，四季的梧桐，静默的梧桐，伟岸的梧桐，你从远古走来，走进我的生活，也走进我的世界。因为你，大地懂得了倾听；因为你，生活学会了感恩。

有人说，你是诗，一首含蓄隽永的诗；有人说，你是词，一阕比纳兰还婉约的词。而我想说，你是风，是从唐诗里吹来的风，那么灵慧地生香；你是雨，是从长安城一路飘来的雨，那么潇洒地飞舞；你是歌，是一曲从南疆唱到北国的歌，历经千山万水，你跋涉的身影，一袭袭，都给了光阴的长河。

我爱你，梧桐，爱你的静默，爱你的深沉，爱你的博大，也爱你无声的辽远。

寂静的滨河

曾经无数次写到河流，真实的、虚拟的、笔直的、九曲十八弯的，它们在我笔下，流淌出一道道亮丽的风景，铭镌在岁月的长廊，不曾淡去，也不肯模糊。但此刻，我想说，河流千万条，都不及我心中的滨河，它像一座庙宇，构筑在我身体里，而我的心上，住着一尊真实的佛。

但凡每一个城市，都会有一条滨河。而我要说的是，我的小城南部，一个叫作“滨河”的湿地公园。寒来暑往，四季更迭，它以不同的风景和非同寻常的美丽，吸引着这里的人们，也吸引着许许多多的域外来客。他们春来看柳，夏赏荷花，秋观落枫，冬踏冰雪。可以说，冗长的滨河大堤，两岸四季动人，一不小心，你就会走进画里。

记不清，我来过滨河多少次，在一株株盛开的油葵下留住倩影；记不清，有过多少回，我站在千顷荷塘之岸，用我的单反，将禅意的白莲拉近又拉远。不说黄昏的音乐喷泉，不说拂手可及的垂柳，不说淡淡的栀子香，也不说曲径通幽的长廊，斑驳的青石板路，单说悠闲的野鸭、碧绿的河水，就已经让人心驰神往、目不暇接了。如果你有幸来过小城，恰好路过滨河，遇见这里的孔桥、芦草、荷塘，你一定会说，白洋淀的芦苇荡，实在算不得什么，甚至远远不及小城的滨河。

滨河的美，在于它的澄澈，在于它的幽静，更在于它的清雅。你看，三三两两的游人，安坐于河岸，有的在摄影，有的在吹口琴，有的在笛音下漫舞，还有的在静静地观看湖心的茅草屋。是啊，草房子里住着的是常人还是神仙呢？左看右看，上看下看，不得而知，只觉得它离我们如此之近，甚至触手可及，可无论如何，你都无法走近它，一看究竟。

此时，当我带着怀旧的情愫和无限憧憬，再次来到滨河时，已是晚秋之末。我心中的万顷绿野，早已由仙踪沦落为残荷败柳，枯草落枫。正是野鸭寒水芙蓉去，一夜西风已成昨。是啊，我眼前的滨河，再也没有了盛开的红莲，葳蕤的野花，垂悬的绿柳，取而代之的，是一树树快要落尽的叶子，它们锈迹斑斑的样子，给人的感觉既苍白又无力；它们一边飘零着，一边被风吹远，只有滨河的水，载着白茫茫的芦花，静静地向东流去。它的寒凉，教人心疼。

遂想起白居易《晚秋夜》里的两句诗：花开残菊傍疏篱，叶下衰桐落寒井。花开残菊、叶下衰桐，这实在是晚秋最好的写照。其实，何止是花和叶子，你看，荷塘里的莲蓬，也都枯尽了呢！之前，我一直将莲蓬叫作“莲心坊”，我想它的坊间，一定会留有太多的传说与传奇，而今，却在小小的心孔里，圆寂了一生，荼蘼了花事，让人情何以堪。

而我想说，晚秋的滨河，正像它饱含的一草一木，在这个飘零的时节，它选择了另一种形式的诉说。它默默地站立，悦纳着过往的尘埃；它寂寂地行走，写意着生命的璀璨。它每一痕波动的涟漪，都是一首无字的歌。如果说，生命注定是一场由繁到简的走过，我想说，这样的简，是另一种意义的繁，它是一种生命的递延和升华。凋零不是死亡，而是蜕变，是羽化成蝶，是大道至简。这种简，需用灵魂去倾听。

滨河，我心中的河；滨河，我生命的河。如果说四季流转，时光如白驹过隙，那么，我会在如水的光阴里，读你赏你，爱你惜你。不管你是熙攘的、喧嚣的，抑或是沉寂的、静默的，甚至是冰冷的、寒凉的，我会一路陪你笑、陪你喜、陪你欢、陪你忧、陪你在。

是的，落日黄昏，山高水长；你在，我也在。

最后的落秋

北京房山区周口店的坡峰岭景区，是远近闻名的红叶聚集地。几天前，确切地说，是深秋时节的最后一天，我有幸来到这里，在红叶节上，饱尝了一场千年红叶的盛大晚宴，终于圆了我在晚秋的最后一个心愿，填补了内心的一个空白。

也许是因为这里的喀斯特地貌，岩石峭壁给人的感觉，仿佛被刀切过一样。它们直立高耸的样子，让人看了肃然生畏。坡峰岭，虽然名字最后一个字是岭，而处处绝壁，山谷幽深，乃至数峰围在一起，颇像一只口径敞开的大锅，锅的底部，是一潭澄澈的湖水，人们叫它“天池”。不知是不是阴天的原因，那天，我站在峰顶，俯瞰群岚，烟雾缭绕，远方影影绰绰，让人顿生向往。也许，在闹市中生活得太久，此时，竟然有一种仙居之感。听着不知从哪个山头传来的一声声呼唤，在峰与峰之间回荡，真的有一种远离凡尘的出世之美。但很快，这种清幽就被后来的人群淹没，直至人声鼎沸，你挨我挤。

坡峰岭的美，不仅在于漫山遍野的红叶，更在于群山之上散落的树木，千姿百态，名字各异。其中最多的是酸枣树、核桃树、柿子树。尤其是漫山的柿子树，遍布坡前坡后、坡上坡下，从远处看，像一盏盏悬挂的小灯笼，在半空中，被风吹得一颤一颤，它们与红叶一起，构成了坡峰岭景区独特的美。

值得一提的是，坡峰岭的红色背篓文化。早在60多年前，周口店供销社黄山店分销店负责人王砚香，带领党员职工常年背篓上山，无论刮风下雨，坚持送货上门，用坚持和真诚感动了当地百姓，开创并奠定了“红色背篓精神”。如今，这种精神仍在一代代传承，而那个被称为“背篓商店”的黄山店公社分销店早已不复存在，曾经崎岖的山间小路，也已变成了四通八达的公路。

如今，山脚下的一条长街，被当地的村民装点成一个颇为壮观的“山货大集”。集上除了各种琳琅满目的小商品、小饰品，以及北京名吃外，摆放最多的就是山上的特产。村民们对着过往的游客大声地吆喝，叫卖着，看他们的神气劲儿，他们叫卖的哪里是柿子、山药片、冬瓜、玉米和南瓜，分明就是幸福和快乐啊！

那天，向来恐高的我，竟然一直坚持着爬到峰顶。站在高处，一览众山小。在弯曲幽深的山间小径上，看着沉默的枫林，我一次次与自己对峙，与生活握手言和。

我想，如果用层林尽染来形容整个坡峰岭，一点也不为过。我不知，该怎样留住这短暂的一瞬。也许，在我离开后几日，将会有一夜北风来袭，而这些浓密的红叶，它们从枝头上飘落下来的时候，是哭是笑，是悲是喜？我将不得而知。我想象着，那些仿佛红雨般瓢泼的叶子，将会蔓延、席卷整个坡峰岭。而这座沉默的山，会比之前更加沉默，它无声地接纳和包容万物回归，让悬垂的瀑布更美，让流淌的河水更加清澈。

路上，先生见我爬山辛苦，随手从山路旁的一堆枯木中，折取一根粗粗的木棍，交予我作为登山的拐杖；身后一个二三岁的男孩，哼哼唧唧地吵着要大人抱，气喘吁吁的爷爷最终还是抱起孩子一路爬上去。无处不在的感动，温暖着我，它们像我眼前的红叶，那么惊艳，又是那么不动声色地，在我的生命里漂浮着，流淌着。

是啊，又到了该说再见的时候了。不舍这里的一石一木，一花一草。红的枫叶，黄的山柿，青的石头，金色的玉米，以及安于一个个角落里的茅草屋。它们都在无声地牵系着我，也牵绊着我，不肯往前迈出一步。

天下没有不散的宴席，而每一程山水，都有你注定要遇见的风景。令我欣喜的是，在我回到家脱下外套的一刹那，竟然有一片红红的枫叶滑落下来。我不知，是我在红枫林中徜徉时，它正好飘落到我的发梢，然后被外衣不经意地掩起，还是上天有意而为，让我重温这一场千年红叶之约。总之，它一路陪伴，跟我回家，这是一种多么奇特的缘分啊！于千千万万枚落红中，你脱颖而出，在人群里找到我，莫非我们前世有约，注定今生在此相逢？那一刻，我把它置于掌心，四目相对，有泪滑落。

最后的落秋，是我与你的相遇。这一刻的静默，胜却千言。

孩子，我想对你说

孩子，你不会知道，当我打下这两个字的时候，眼眶又一次湿润。不知为什么，蓦然想起你刚出生时的样子。也许，大多数妈妈提起自己刚出生的孩子，都会用“胖嘟嘟”或者“粉嫩嫩”等形容词来描画，因为它们中包裹着爸爸妈妈的欣喜、骄傲和自豪。是啊，每个孩子，都是父母一生最成功也是最伟大的作品。孩子，你也不例外，甚至你有着更多的故事，留给我们，也留给这个世界。因为你是妈妈早产生下的，你出生时只有八个月胎期，那个时候，你瘦瘦的，黑黑的，甚至十个手指甲都还没有长齐。那个时候，我一度担心你存活不下来，所以刚一生下你，你的爸爸就联系了北京的一家医院，随时准备把你送过去放在氧舱。可是你的哭声震天，手脚灵活，每一种迹象都表明你是一个正常的孩子，我一直悬着的心，才有了着落。从你蹒跚学步，一步一个跟头地往前走，到现在成为阳光少年，已经长到一米九的身高，作为一个初中二年级的学生，在同龄孩子中，你是一个奇迹，是妈妈心里的佼佼者，妈妈由衷地为你感到骄傲。

弹指一挥，从小学一年级到初中二年级，你已经走过了义务教育阶段的大半时光。这期间，妈妈欣喜地看到你的每一点付出和努力，每一次收获和成功。可是，孩子你还小，你还没有真正走上社会去经历人生路上的风风雨雨，长大后你会懂得，人的一生需要经历的很多，需要面对的很多，尤其男人，不仅要成为父母的顶梁柱，成为一个家庭的主要担当，还要成为这个社会的栋梁。孩子，要想做到这一切，必须要有相应的能力去支撑，而能够支起能力的最大框架和构件，就是知识。书本上的知识、生活常识以及社会知识，都是你要学习和掌握的，学懂学透的。试想一下，要想划船，没有船桨不行，要想打仗，没有枪杆子不行。知识，是一个最大的软件，也是一个最强的硬件，没有知识，就如同没有划船的船桨，没有打仗的枪杆子。

我知道，你周围优秀的孩子很多，你的每一次自我超越，都付出了极大的努力。孩子，这个阶段，我想努力固然重要，但学习方法和学习习惯尤为重要。只有养成良好的学习习惯，掌握可行的适合自己的学习方法，才能走捷径，在学习上更上一层楼。我想针对你目前的学习状况提出以下一些要求。一、给自己暂定一个小目标，比如上次期中考试总分599分，下次可以定一个630分的小目标，保住自己的强项语文成绩，努力提高英语和数学成绩，尤其数学，要多练习，其他副科更不能掉队；二、遇到不懂的问题，除了多问老师，更要多请教同学，切记，有时候同学的方法更容易让你接受；三、上课注意听讲，不能走神。上课多听一分钟，胜过课下努力十分钟；四、克服懒散的作风，玩的时候，要尽兴地玩，学的时候，要聚精会神，抓紧每分每秒地学。另外，要和周围同学搞好关系，给自己营造一个健康和谐的学习环境。当然，加强体育锻炼，听老师的话等等，这些就不必多说了。

孩子，读好书，掌握好知识，将来才会有立身之本。学习，不只是为了考第一，而是为了让自己更加强大。一个家庭强大了，才会不被外人欺负；一个国家强大了，才会不被别国践踏；一个人强大了，才会成为栋梁之材。为自己的前程、为父母，将来也为社会，做出我们应有的贡献。要实现这一宏伟目标，从现在开始，你必须刻苦学习。

我知道，现在的你们，十三四岁的年龄，正是人生叛逆的开始。有些时候，你们听不得老师和家长的劝说，甚至多数时候，认为我们的唠叨是多余的。可是，孩子，你想过吗？家长和老师都是过来人，哪一个老师不希望自己的学生更加优秀，哪一个家长不是望子成龙？你的每一次小小的进步，老师和家长都看在眼里，喜在心上。因此，妈妈不厌其烦地说了这么多人生的经验，你一定要认真听取，并落实到实际行动上去。

孩子，在妈妈眼里，你是最孝顺的孩子。每次住校回来后，帮妈妈洗碗、揉背、洗衣服；每次和妈妈去超市购物回来，大包小包你都会独自拎着，不让妈妈受一点累。还有很多很多的细节，都让妈妈感动。

孩子，你永远都是父母的骄傲，妈妈希望你越来越优秀，希望你快乐地成长。请记住，无论父母在不在你身边，无论何时何地，父母都会默默地为你加油，默默地祝福你！

雪落无声

雪，之于北方的冬天，实在算不上稀奇。尽管如此，我还是无数次地畅想，今年的初雪，将会以怎样的方式与我相见。就在这样的忐忑和焦灼的等待里，我迎来了入冬以来的第一场雪。

在黄昏之后的悠悠暮色里，在我漫无边际的行走和遐想中，在千家万户的灯火之间，它来了，来得悄无声息。甚至我一度产生错觉，竟以为是蒙蒙的细雨，直至我走到路灯下，才看清大片的雪花飞舞，那么晶莹，那么玲珑，仿佛被切割的钻石，一片片落进我的发际眉梢，落入我的眸子、唇上，待我伸手去摸，却又空空如也。此时，除了模糊的光影里唰唰飞舞的雪片，除了空中扑面而来的潮湿，地面上，什么也看不到。

几分欢喜，夹杂几分怅然。我想，终于可以见到日思夜梦的雪了，我定要留住它，留住漫天的白和空旷，也留住冬天的冰冷和透明。可它分明不留下一点落痕，仿佛一个美丽的天使，刹那间惊艳，刹那间消失。此时，空空的心，不知该向谁诉说。

所幸，“天使”没有让我失望。第二天清晨醒来，打开窗一看，地面上、枝丫上被一层厚厚的白覆盖，于是我确信，昨晚我入睡后，雪，悄悄地下了一夜。

夜里，我梦见梅花，千顷万顷的红梅绽放，除了我，竟然看不到一个赏花的人。原来，梅间缺少了傲雪，没有雪，如何寻得梅香？好在，时不负我，真实的世界，竟然许给我一场盛大的莹白，梦里梦外，梅雪相映，此情此景，还有什么比这更怡心的呢？此时，我的静默和欢喜，化成一股暖暖的热流，在心间流淌，接着，它汇成一条潺潺的小溪，沿着我的视线，向远方缓缓驶去。

我想到海，想到比海更远的草原，比草原更辽阔的沙漠。此时此刻，你的世界也在飘雪吗？你的城，是否也在等待一场皑皑的白雪？没有预知，没有仪式，只是痴痴地等，如同等待一个久别的故人。

自古至今，雪，赋予冬天，也赋予人间太多的美丽和传说。据说唐朝山水诗人孟浩然酷爱梅花，雪天时，他便骑着毛驴冒着风雪去赏花，这便是踏雪寻梅的由来。多愁善感的纳兰，对雪更是情有独钟，他说：“别有根芽，不是人间富贵花。”是啊，万物有根，雪亦有芽，只是它一出世，就开始漂泊，它的宿命注定了一生的流浪，而我却爱极了它的洒脱和不羁，爱它伸向天涯海角的每一缕呼吸，每一寸肌肤，每一瓣魂魄。

是的，我一直相信，雪的魂魄，铸就了它与生俱来的使命。人间的凹凹凸凸、平平仄仄，一旦经过雪的洗礼，立刻变得清明而澄澈。人的心灵，何尝不是如此呢？再多的负重，再多的放不下，一旦心空飘雪，满目的山水皆会变得盈动而柔软。

在这万物凋零的时节，一场雪，让大地充满勃勃生机。你看，路边那株枯萎的草，在早已干涸的土壤里沉沉睡去，雪的来临，竟让它重新扬起头，朝向天空，诉说自己的梦；一只灰色的麻雀，不知从远山的哪个枝头飞来，蹦蹦跳跳地在雪地里觅食，仿佛捉到了秋天的最后一粒秕子。

没有相约，却注定在久别之后重逢。雪，像一直住在心里的恋人，每个轮回之后的再现，都是崭新的、年轻的、新鲜的，仿佛岁月里初初的遇见。雪，因为你，我学会了从容和豁达；因为你，我懂得了感恩和包容；因为你，我的世界变得博大而辽远。

此时，我站在故乡的土地上，于凛冽的寒风里，静静地注视着远方。雪，将人间万物包容，也将我深深地包含。而我心里的飘雪，越发晶莹而澄澈，它向着春天，向着有阳光的地方，正在楚楚地播种，它种下桃花，种下春雨，种下爱，种下暖，种下慈悲，种下一点一滴的美丽和感动，等你来采，等你来摘。

岁月沉香可回首

每年的岁末一到，大街小巷的红灯笼，总会让人对新年充满暖暖的期待。期待中有向往，有憧憬，也有频频地回眸和不舍。

四季流转，我们无力留住时光的脚步。回首来时路，几多感慨，几多欢喜，几多惆怅涌上心头。有人说，岁月里的每个日子都是一天一天简单地重复，而我想说，每年每月、每时每刻都是不一样的烟火，都有不一样的光芒。我爱这新鲜的轮回，新鲜的阳光，也爱阳光下每一朵盛开的花。

一说到花儿，我就想起春天，想起漫山遍野的红，以及千树万树的梨花，开得肆无忌惮，似乎要把三生开尽。然而，荼蘼也是注定的。正所谓：花开有时，聚散有时。生命中，行止随缘，且行且珍惜。

“倘若我心中的山水，你眼里都看到，我便一步一莲花祈祷。”喜欢在刘珂矣的单曲循环里触摸岁月，聆听半壶纱里的芽色时光。我想，寻常的日子里，如若真的有人看懂我心中的风景，那么，即使一步一叩首，又算得了什么呢？

此时，正值大雪时节。按照旧历的说法，每年的大雪一到，就到了仲冬，天气会一天比一天冷。于是想起小的时候，大雪纷飞，北风呼啸，一家人围着红炉取暖煲茶的情景。那个时候电力匮乏，大多时候，家里靠煤油灯照明，可有妈妈的日子，有故事的时光，再苦也会觉得甜。

一直想把生活中点点滴滴的感动记录下来，比如清晨的阳光里，温和的女儿推着轮椅里的妈妈在街头行走，遇上路牙时，素不相识的人会跑过来帮扶；比如黄昏的夕晖下，年迈的伯伯用全身撑起半身不遂的老伴，摇摇晃晃地学步；比如气喘吁吁的爷爷，抱着心爱的孙子，一步一步地往山顶上爬。

有人说，走得最快的，都是最美的风景。其实，最美的风景，不在路上，而在内心，它像一幅经年不衰的画儿，一直在时光的回廊里悬垂着，每每回眸，都能撩动内心的柔软。我想说，今年遇见的最亮丽的风景，当属江西的大美上饶。那是八月初的一次文学采风，我随河北名人名企文学院的作家一行，来到了上饶，见到了传说中的“三清媚”女子文学研究会的会长毛素珍女士，这位享誉海内外的传奇人物，朴实得竟像一位邻家姐姐。十几年来，她怀着对文学的痴爱和憧憬，在上饶的土地上，为无数怀揣文学梦想的人，建立了一座座写作营，也为当地贫穷落后的村庄引进文学，大力推广新农村文化建设，宣传和讴歌美丽的上饶，让当年的农垦精神再现，让世人铭记垦殖岁月里一个个闪光的名字，让红色精神一代代传承。至今，大茅山、鄱阳湖、龟峰写作营，以及方志敏同志的故居，依然在我脑海里萦绕，挥之不去。

牵挂着那里的康山大堤，牵挂着鄱阳湖的候鸟，也牵挂着忠臣庙的夕阳。想知道，那片天空也在飘雪吗？弋阳国际文学村的绿竹，还在风中摇曳吗？时光荏苒，岁月如白驹过隙。回想当时，我坐在去往上饶的高铁上，路过一个个过往的驿站，突然泪流满面，于是，我在车上写下了那首《下一站》。“乘务员好听的声音，又在提醒我下一站的站名 / 列车 G301 第十五车厢的门口，一些人离去，另外一些人上来 / 他们操着不同的方言，彼此遇见、擦肩和错过，手里提着的行李，像生命唯一握紧的安全 / 这些年，我不知道，已经走过多少站台，余生，还会经历多少重逢，或告别多少陌生的面孔 / 下一站，不是终点，在路上，我和山河一起流动。”

生命的下一站，永远没有预知。而来时的路，总是盈满感动和温暖。感恩一朵含羞的花儿，给了我生命的姣好；感恩一抹窗外的暖阳，给了我行走的光芒；感恩一片飘飞的叶子，给了我羽化的梦想；感恩一块沉默的石头，给了我风雨兼程的力量。

茫茫人海中，感恩遇见你。张爱玲说：“于千万人之中遇见你所遇见的人，于千万年之中，时间的无涯的荒野里，没有早一步，也没有晚一步，刚巧碰上了，那也没有别的话可说，唯有轻轻地问一声，哦，你也在这里吗？”是的，遇见是缘。遇见花开，遇见潮起，遇见云卷，遇见你。此时，想弱弱地问一声：你在他乡还好吗？冬渐深，记得添衣保暖。

清晨醒来，看窗外的天，灰蒙蒙一片，仿佛要下雪的样子，我的周身立即涌上一股寒意。听说省城石市下雪了，纷飞的雪片，让人顿生向往。而我的江南，栀子花依旧开着，山烟依旧缥缈着，小桥依旧婉约着。霏霏细雨里，你是否会擎起从前的那把油纸伞，在幽静的雨巷，驻足远眺，回首一枚枚岁月的沉香，在耳际眉间飘浮着，不曾远去，像飞舞的蝶儿，更像一声声美丽的召唤。

巍巍大茅山，悠悠农垦情

大茅山坐落在江西省上饶市德兴市境内，地处三清山、龙虎山、婺源、景德镇围合的地理中心，与三清山东西对峙，是怀玉山脉的又一高峰。它的巍峨挺拔、云缠雾绕等独特的风貌，自古以来，一直备受人们的称道。

今年八月初，我们河北名人名企文学院的作家一行20余人，受三清媚女子文学研究会之邀，有幸来到了这片土地，亲临大茅山的壮美景观，并沿着前辈的足迹，重温大茅山的农垦岁月，品悟先人的革命情操。

大茅山的农垦开篇，离不开一个重要人物，他就是时任江西省委书记的方志纯同志。他是方志敏烈士的堂弟，江西农垦事业的开拓者之一，也是大茅山农垦事业的奠基人。1957年12月，方志纯同志亲自挂帅，带领省直机关干部到大茅山开发建设，创建了江西大茅山综合垦殖场，也就是现在的江西大茅山集团有限责任公司。

因江西是一个山区较多的省份，大茅山又坐落在特殊的地理位置，因此全面开发大茅山，加速这里的山区建设，在那个年代具有非同寻常的意义。为贯彻省委精神，建立农林牧渔综合垦殖场，方志纯等省委机关干部亲赴人烟稀少的荒山野岭，并在这里安营扎寨，很快拉开了创建国营垦殖场的序幕。此后大批转业军人、城镇知青，和上山下乡干部一起，组成了一支强大的垦殖队伍，掀起了建立垦殖场的高潮。大茅山综合垦殖场的迅速崛起，为全国所注目。朱德同志就曾多次到大茅山垦殖场视察。当时，大茅山垦殖场的先进经验和典型事例，也曾多次被推广到全国借鉴和分享。大茅山综合垦殖场的创建，是省委改变老区面貌的一个创举，也为全省后来克服暂时的困难做出了杰出的贡献。

走进大茅山，穿过一株株桂花，也穿过一片片竹林，当年开拓者的气息犹存。那些古朴的房屋内外，一帧帧宝贵的图片，让先辈的笑容和劳动的身影定格在那个年代，成为永不磨灭的瞬间。

为了更好地解读大茅山综合垦殖场，那天晚上，在我们下榻的江廖肖文学村，我们和客栈的老板、也是这里土生土长的土著居民亲切地交谈，了解到与垦殖有关的更多细节和内容。当年，垦殖场的干部职工，在享受创业带来的欢乐和喜悦时，也经历了“文革”的磨难和洗礼。那时，总场机关被撤销，一些分场被划走，人才大量外流，这些接踵而来的问题，给他们带来的迷茫和痛苦，是可想而知的。后来，在全场职工的强烈要求和不懈努力下，大茅山垦殖场重新恢复。这段不堪回首的岁月，让经历过大茅山创业的干部官兵刻骨铭心，魂牵梦萦。

是的，喜悦与悲伤交织着，在他们的梦里穿梭。他们开采的鱼塘、种植的水稻、浇灌的蔬菜、喂养的鸭鹅，一直就在梦里鲜活着，摇曳着他们的青春，不肯老去。

如今，大茅山综合垦殖场已经过数次更名，成为现在的江西大茅山集团有限责任公司。它已经发展成为一个集有色金属、水力电能、机械制造、建筑工程、农林产业、生态旅游为一体的国有农垦企业。近年来，企业持续推进农垦改革，着力主抓园区建设，大力发展生态农业。可以说，在新时代改革发展和创新的路上，集团公司已经羽化成蝶，实现了一个突破性的飞跃。

由于时间关系，那天，我们仅仅参观了大茅山集团公司的大型发电机组，以及它身后的大坝，恢宏的场景，仿佛历史的再现。除了敬畏，我们更多的是感念，对垦殖场新老创业者的敬仰，对大茅山这片土地的礼赞。

那段光辉的岁月距离我们已经半个多世纪了，但先辈的汗水还在吊桥的木板上滴答着，芬芳着。他们在肩上的扁担里写诗，在挑起的生活里歌唱；他们的精神濡湿的，不仅仅是一个地域、一个时代，而是世世代代中华儿女的信仰，这种信仰，才是一个民族最崇高的宗教。

听，他们嘹亮的号子，还在大茅山的上空飞扬；看，他们挥舞的镰刀，还在辽阔的原野上闪光。巍巍大茅山，你身上的每一寸肌肤，都将铭记着先人的血汗和足迹。历史不会忘记，国家不会忘记，人民不会忘记，这里的父老乡亲更不会忘记，你们的伟大创举，将成为中华民族的历史里程碑，永远镌刻在这片红色的热土，激励着我们这些后来者，不辱使命、奋发向前，在新时代改革开放的形势下，发扬农垦精神，建设美丽家园。

文化扶贫，才是真正的济困救民
——上饶市余干县前山村采风后记

今年的八月初，我和河北名人名企文学院的作家朋友们一起，受三清媚女子文学研究会的邀请，来到江西上饶采风学习，有幸参观了余干县瑞洪镇前山村的新时代文明实践站。

三清媚女子文学会的毛会长介绍说，这里的村民，原本业余文化生活非常单调，村子里的人们大多信仰基督教，晚上没事的时候，就聚集在一起念诵经文。可我们来到这里，看到的却是另一番景象。站上设有三清媚女子文学写作营，里边除了琳琅满目的字画，就是各种各样的图书。村民空闲的时候，就来这里读读书，写写字，演演节目。

那天晚上，我们零距离地观赏了由三清媚女子文学会编导的话剧，村民自己做演员，虽然没有专业的演技，甚至普通话里还掺杂着浓浓的方言，但他们原生态的表演，让我们感觉到原汁原味的乡土文化气息。故事讲述了一个在 2001 年洪水中受灾的家庭，从孩子的周岁喜宴，到洪水到来时的灭顶之灾，直至邻家好友因帮助他们修屋致残，多年后孩子考上大学，沉重的经济负担给这个家庭带来的雪上加霜。因为有了政府的救助，一切困难全都迎刃而解，最重要的，因帮工致残的好友重新站了起来，让背负了十几年罪恶感的一家人如释重负。看到这里，我的眼眶潮湿了，我没有问这些村民演员以及三清媚文学会的老师们，考证这个故事的真假，但它真真切切让我感动到哭泣，是喜极而泣，为三清媚女子文学会的创意而欣喜，为我们的政府济民就困的壮举而震撼。

其实，像前山村这样的村落，在江西上饶甚至全国还有很多，但我想说，正是因为有了三清媚这样的女子文学研究会，有了以毛素珍会长为领头羊的文学女子的善良和大爱，以及她们十几年来的辛勤耕耘和付出，有了当地政府扶民惠民政策的护佑和保驾，将文化推进社会，推进遥远的山村，并用知识渗透和点化村民的思想，让他们一点点摆脱愚昧和落后，让农民真正拥有属于自己的文化和娱乐，才有了前山村这些百姓的乐观向上和脱胎换骨的改变。

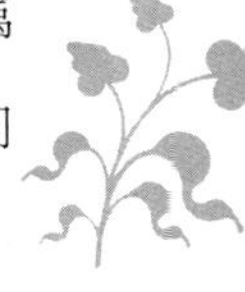

现代农村，早已脱离了那个物质严重匮乏的年代，但一些农民精神的贫瘠与荒芜，导致一部分人不务正业，甚至信仰严重脱轨，这已经是不争的事实。有些人为了寻找精神寄托，聚众赌博、非法集资，甚至加入了邪教等反动组织，这不能不说是一种悲哀。所以，农民在物质上脱贫的同时，在精神上和文化上也要脱贫。只有文化的扶贫，才能彻底改变因文化滞后而带来的整体落后，升华他们的境界和品位。

而此时，三清媚的文学女子们来了，带着她们的美丽和热情，带着她们的纯朴和善良，带着栖息于灵魂深处的大爱和大美，来到了一个个偏远落后的山村，和当地政府一起，挽起农民兄弟的手，用知识为他们开启一扇扇门，铺通一条条路，通往城市，通往外边的世界，通往一个个他们想要去的美好地方。

文化扶贫，才是真正的济困救民。文化，只有服务社会、服务群众，才能体现它真实的价值和意义。育新人、兴文化、展形象，上饶正以全新的面貌走向一个崭新的舞台，并微笑着向我们挥手致意。正像“三清媚”的名字一样，上饶，仿佛一个娉婷的女子，孕育了妩媚山河，而她的儿女正在这片红色的热土上翩翩起舞，婀娜的舞姿，让世人瞩目和兴叹。

走进湖塘，走进英雄的家乡

“我从事革命斗争，已经十余年了。在这长期的奋斗中，我一向是过着朴素的生活，从没有奢侈过。经手的款项，总在数百万元；但为革命而筹集的金钱，是一点一滴地用之于革命事业。这在国方的伟人们看来，颇似奇迹，或认为夸张；而矜持不苟，舍己为公，却是每个共产党员具备的美德。”这是我们在上饶红色教育基地读到的方志敏在狱中写下的《清贫》里的一段话。

今年的八月初，正值方志敏同志120周年诞辰之际，我们河北名人名企文学院的作家朋友一行20余人，应江西三清媚女子文学研究会的邀请，一同来到美丽的上饶，走进弋阳漆工湖塘村，走进英雄的故乡，英雄的家人。

湖塘村，这块土地一次次被鲜血浸染。面对屠杀，包括方志敏家的房屋在内，全村人的房子被烧过十九次。火烧一次又一次，烧得次数多了，最后连哭喊声都没了。重建，任凭再烧。

整个村子，只有一个方性。每家每户的门头或正厅里，都悬挂着祖上光荣的革命历史。在方志敏故居，英雄住过的屋子里，陈设着方志敏曾经穿过的破旧大衣，外厅的墙面上，一面悬挂着方志敏的家谱，另一面则是英雄的亲人照片，一张张年轻的面孔，无一幸免，全部牺牲在敌人的屠刀下。

如果说方志敏的故事，人人皆知，那么英雄家人的故事，大多数人或许知之甚少。走进湖塘，我们有幸零距离地倾听英雄，倾听英雄家人的故事。早年，因方志敏相貌英俊，被村子里一地主人家相中，地主把女儿许配给方志敏，后育有一子。参加革命后，方志敏结识了他的革命战友缪敏同志，并结为夫妻。而前妻一直在家乡守着儿子和方母，直至儿子生病夭折，方志敏前妻精神崩溃至疯。方志敏被捕后，方母生活的艰难可想而知，直至 1935 年 8 月 6 日方志敏英勇就义时，方母依然认为儿子还在外地从事革命事业，她老人家坚守废墟，直至中华人民共和国成立后，一行官兵来到湖塘方志敏的故乡，见到方母后齐刷刷地跪下，说：“妈妈，您的儿子回来了！”方母说：“我的儿子没有回来，他还在外边从事革命。”这个时候，方母的眼睛几近失明。大家一同说：“妈妈，我们都是您的儿子。”方母这才知晓儿子牺牲的真相。中华人民共和国成立后，方志敏的部下，做了当时的江西省委书记。书记亲手将一枚图章交给方母，并告诉方母以后不管什么时候，遇到什么困难，拿上图章去找政府，所有的问题都不是问题。可是直到方母去世，这枚图章一直放在她老人家的枕下，未曾用过一次。

方志敏生前，方母也曾找过儿子要钱，可正像方志敏在《清贫》里所讲，他经手的数百万款项，都是用作革命事业，因此，面对母亲，英雄也只有“无情”地拒绝。

如果说方志敏同志为中国人民的解放事业贡献了自己的一生，那么英雄的妻子、英雄的母亲、英雄的乡亲，数十年来，在英雄的背后默默地牺牲与奉献，又是多么地难能可贵，可歌可泣啊！

方志敏同志离开我们已经八十多年了，但英雄和他的故乡、家人，却一直活在我们心里，不曾离去，也不会离去。为了纪念方志敏同志，在方志敏故乡湖塘村，已经建起全国爱国主义教育示范基地和方志敏文化公园等。

在方志敏故居的不远处，有一株三百多年的香樟树，在村子被敌人反复烧毁十九次后，它竟然顽强地存活了下来，且枝繁叶茂，这不能不说是一个奇迹。是的，它见证了英雄故乡曾经的血泪斑斑，见证了英雄和家人为国捐躯的英勇不屈，见证了中华民族一路走来的艰难和曲折。

在江西弋阳，方志敏的家乡，有太多的传说与传奇。故居不远处的龟峰，漫山遍野的映山红，让我想起歌声里那个不堪回首的年代。有人说，龟峰沿湖的山体像老人，有人说像孩童，同行的船工告诉我，远处的一座山峰，像极了方志敏生前的模样。是的，它的巍峨与博大，正像方志敏同志敞开的胸怀，他眺望着远方，也眺望着这里的亲人和故乡。

面对英雄的故居，我们掩面哭泣；倾听英雄母亲的事迹，我们俯首致敬；面对英雄的山河，我们礼赞和讴歌。一代英雄去了，但他的精神将永存在这片红色的热土，永存在中华大地的每一寸肌肤；他的光芒，将永远照耀和激励着一代又一代的中华儿女，秉承先烈的精神，并沿着英雄的足迹，肩负起时代赋予的职责和重任，不畏艰难，砥砺前行。

印象三清媚

说起上饶，人们的第一反应就是它的红色革命史。但我想说，上饶这片红色热土上，另一张亮丽名片——三清媚，正在徐徐走进人们的视野，并以星火燎原的势头，燃尽上饶的每一个角落，燃尽江西大地，也燃尽大江南北以及国外文学爱好者的梦。

今年八月初，受三清媚女子文学研究会的邀请，我有幸随同河北名人名企文学院的各位作家，一起赶赴上饶采风学习，真正见识了上饶的秀美山河以及传说中的三清媚。

三清媚最初只是几个爱好文学并怀揣梦想的女子自发组织的民间文学团体。这个团体在十三年前成立时，只是一个名不见经传的小小文学部落，今天却发展壮大成为拥有 1818 名会员的女子文学研究会。十三年来，在毛素珍会长的苦心经营下，三清媚由一个襁褓里的粉嫩婴儿，长成亭亭玉立的婀娜少女。其间，它带给人们的不仅仅是它独有的妩媚，还有它的文学魅力以及由此而产生的巨大的精神影响。如今，它不只是一个团体、一个学会、一个基地，而且是一种文化产业或者一个品牌的代名词；它不只是一个流传于人们茶余饭后的传说，而且是一个闻名远近，甚至蜚声国内外的传奇。它以自己深厚的文化底蕴和独特的文化操守，悄悄地改变着这个社会。它为人们重塑民族信仰和精神图腾。走进它，就走进了诗和远方；走进它，就走进了善良和温暖；走进它，就走进了梦想的天堂。

此时，我回想起那天晚上刚刚抵达文学村的一幕。夜幕沉沉，我们采风团一行的第一站，就是这个叫作“弋阳国际文学村”的地方。如果有人问我，文学村的名称前为何要加上“国际”二字，我想告诉你，自去年文学村成立以来，前来这里采风学习的各地作家不计其数，尤其令人震惊的是，新加坡等国家和地区的一些作家也常常慕名而来。因此，途中经常会有村民问我，是不是从台湾而来。

像“青年作家公寓”“龟峰写作营”“三清女子文学苑”这样的写作基地，在上饶这片红色热土上就有二十几家。它们大多坐落于偏远落后的山村，驻守营房的女子们，用她们的美丽和柔情，给当地百姓送来书籍，引进文化，灌输知识。她们把生活中的感人故事写成剧本，拍成话剧舞剧，让百姓自己做演员，不仅极大地丰富了当地百姓的业余生活，而且提高了村民的文化品位和热情。短短的几天采风，我们一直被这种文化氛围簇拥着、包围着，也感动着、推进着。我记忆最深的一次，就是在方志敏故居的红色教育基地，三清媚创作的剧本《隔空对话》，被黑龙江电视台拍成短片，而出演方志敏的演员，正是方志敏六叔的孙子。他惟妙惟肖的演技和浓浓的乡音，一度把场景气氛推向高潮，让我们这些在场的外乡人，感动到哽咽和流泪。

在这里，我不得不说的是三清媚女子文学会会长毛素珍女士。她不仅是江西省人大代表，也是上饶市政协委员。之于毛会长，也许还有更多我不知晓的身份。作为有众多封衔的她，纯朴亲和得像一个可爱的邻家姐姐。我想，这和她从小对文学的痴爱和良好的自身修养息息相关。如果仅仅依靠热情，她的文学梦想一定很难实现；如果单一潜心文学，她的人生目标则会被囚禁，或者仅仅停留在一个有限的高度。毛会长正是凭借自己对文学的极度热爱，和对社会、对人类的高度责任感，用她的大善和大美，实现了文学和社会的完美链接。用毛会长自己的话说，如果文学不能服务社会，不能改变和提升人类的灵魂修养，那么它的存在就是毫无意义的。座谈会上，毛会长讲到，她的梦想就是把文学做大、做远，做成经久不衰的百年品牌，由文学营发展到文学庄园，再到文学村，甚至发展到文学城。今天，她的梦想正一步一步地实现着，尽管路途曲折，她依然选择了风雨兼程。

我想说，解读上饶的红色文化、古色文化、绿色文化，要从解读三清媚开始，从解读毛素珍女士开始，因为她的足迹已经遍布这个城市的每一个角落，她的思想和精神，已经成为一种时代的象征和代言，一个地域的标志和写真。

几天的采风未免太过短暂，但这里的山山水水早已和我连在一起，成为我生命中的一部分。更重要的是，三清媚这个名字，已经深深植入我的灵魂；它的精神将会在一代代人身上传承，发扬，递延和升华。

相见时难别亦难！三清媚，祝福你的明天更加美好，祝福红色的家乡，祝福父老乡亲，祝福一山一水，祝福所有的祝福。

在路上，我们不说再见；祝福，比语言更深，比凝望更远。

我爱你，美丽的珊中

重庆市珊瑚中学位于重庆经济技术开发区南坪商业步行街，地理位置优越，交通方便，是一所校园秀美、环境幽雅、校风纯正、名师荟萃、设施先进、质量一流的重庆市首批示范初中。

自 1990 年创建以来，珊中始终以一流的教学质量，享誉巴渝大地，以“抓一流管理、建一流学校、创一流业绩”的办学思路，确立“高质量、有特色、现代化”的办学目标，给学生创造一个绿色的未来。它先后获得重庆市最佳文明单位、重庆市文明学校、重庆市文明礼仪示范学校、重庆市首批示范初中等荣誉称号，俨然成为重庆市基础教育领域里一颗璀璨的明珠。

“多彩珊瑚，精彩人生”是珊中一直秉承的办学理念。三十年来，珊中人以这一理念为指导，以科研为先导，培养和造就了一大批德艺双馨、在市区有一定影响的名师，并以此为依托，实施“分层递进、激励发展”

的教育模式，以德育人，以人为本，因材施教，经过数十年的辛勤耕耘，收获了累累硕果。

珊瑚中学，和改革开放同时期诞生，它是时代的幸运儿，也是改革开放的见证者和践行者。三十年来，珊中一直把优质教育放在学校工作的制高点，潜心探索，大胆实践，追求“优质+多元”的人才培养目标，面向全体学生，全方位、全过程地关心每一位孩子的健康成长，关注每一位孩子的多元发展。多年来，珊中始终倡导“绿色教育”，以“树人先立德、成才先成人”的教育思想指导学校教育工作，潜心培养“仁爱、文明、诚信、好学”的珊中学子，努力造就“基础宽厚、勇于创新、个性鲜明、特色发展”的未来人才，让学生沐浴在文明、友善、健康、和谐的校园氛围中。

如果说玲珑秀美的校园，让珊中人一度引以为傲，那么浓郁严谨的学风，更是珊中学子始终秉持的操守。为培养高素质、多面型的人才，珊中与世界接轨，多次开展国际交流活动，为国家，也为世界培养了一大批多元型和适用性人才。

珊中，从蹒跚学步的稚子，成长为一个风华伟岸的男儿。三十年的风雨历程，珊中，以坚实的身躯、宽广的胸襟哺育了千千万万个花儿一样的少年，直到他们学有所成，走出校门，长成参天大树，在故乡和异乡的土地上，继续为后人乘凉纳福。

珊中，一直以来，人们称呼你为“多彩珊瑚”，你以多彩绚烂的笔墨，谱写多元生态的绿色校园。多少次，你忍受剧痛，将自己打造成一艘海上的巨轮，百舸争流，逆风而行；多少次，你舞动翅膀，鹰击长空，在茫茫苍穹下奋力翱翔。其实，在漫漫的历史长河中，你还是一个涉世未深的孩子，你也和大多数的孩子一样，需要母亲的怀抱和温暖，需要亲人的关怀和照顾。但既然选择了远方，就要风雨兼程。在孤独的旅途上，你放弃了安逸，也曾避开常人怀疑的目光，一个人，将时代的使命扛在肩上。多少次，你默默地拭去眼角的泪水；多少次，你站在无人的街头，独自彷徨；多少次，你背起沉重的行囊，朝着有太阳的地方行进。是啊，前行的路上，你不能退却，不能停止旅途的歌唱。当你看到含辛茹苦的家长，一次次领着孩子迎风而来，你总是伸开双臂，热情地将他们拥抱；当你看到一届届毕业的学子，纷纷踏上生命的多彩征途，你欣喜的泪水，一次次夺眶而出。我想说，你不是父母，胜似父母，不是亲人，胜似亲人。

爱人者，人爱；福往者，福来。我爱你，珊中，爱你一路走来的艰辛和坎坷，爱你沉默而坚实的脚步，爱你厚德载物、上善若水的仁心，爱你披荆斩棘永不言败的勇气，爱你矢志不渝、开拓进取的精神，爱你一次次对未来的挑战、对自我的突破。

光阴荏苒，三十年，弹指一挥间。“珊瑚精神”将会作为一种时代的精神，激励和鼓舞后人，继续发扬自强不息、奋斗不懈的精神，在巴渝大地上谱写新的篇章。

海阔凭鱼跃，天高任鸟飞。祝福你，珊中，祝福你在新的机遇和挑战下，留下珊中人一个个闪光的足迹；祝福你，珊中，祝福你以更加开阔的胸怀和国际化的视野，开创更加绚丽的未来；祝福你，珊中，祝福海上的珊瑚更加异彩纷呈，祝福巴渝大地上的明珠更加璀璨夺目。

一抹馨香挥不去

◆ 2020 ◆

最美人间四月天 / 又见桃花儿开 / 一抹馨香挥不去 / 雪，人间的浩荡之美 / 妈妈，您在那里还好吗？ / 古镇，古水，古长城 / 诗歌，生活的颤音 / 落，生命的禅意之美

最美人间四月天
——一代才女林徽因

“那轻，那娉婷你是 / 鲜妍百花的冠冕你戴着 / 你是天真，庄严，你是夜夜的月圆……你是一树一树的花开 / 是燕在梁间呢喃 / 你是爱，是暖 / 是希望，你是人间的四月天”——这是民国才女林徽因的代表作《你是人间四月天》里的诗句。

走进四月，看到一树一树的花开，就会情不自禁地想到这首诗，想到林徽因当时写下这首诗时，究竟怀着一种怎样的心境。这些年，曾经看过无数版本的关于林徽因传奇人生的故事和描写，时而为她的美貌倾倒，时而为她对中国乃至世界建筑业的巨大建树和贡献折服。但给我感触最深的，是她一生的爱情故事。这个被梁思成呵护了一生，被徐志摩爱慕了一生，被金岳霖守护了一生的人，究竟是怎样的一个传奇女子？

有人以为这首诗是林徽因写给诗人徐志摩的，后来看梁从诫的回忆录，才知道梁思成曾经告诉过儿子梁从诫，这首诗是他的母亲为他而作，用来表达她对孩子无比的喜爱之情，以及从儿子身上看到的生命的希望和活力。我想，不管她当时是为谁而写，字里行间、情之所至，将人间四月萌动的春意一览无余地展现给读者，绝非一个“美”或“妙”字所能了得，它不仅是一首诗、一幅画，更是一个诗人对春天、对美好生活的向往和期待，更确切地说，它是诗人的告白，也是内心的独白。

这么多年过去了，林徽因的爱情和婚姻依然备受人们的关注。据说，林徽因最终选择了梁思成，不是仅仅因为梁启超和她的父亲林长民的背景和关系，而是林徽因始终觉得，徐志摩对她的爱，只是把她看作他诗里的一个幻影，一个理想化的女子，而林徽因的理性，最终让她对徐志摩选择了放弃。至于金岳霖，为了自己心中的挚爱——林徽因，终身未娶，实在令人敬佩。听说林走到哪里，金就会追到哪里，和她做邻居，一起开文化沙龙。后来林徽因内心也有过动摇，并坦诚告于丈夫梁思成，说自己心里装了两个人，思成在已知事实的情况下，没有像寻常的丈夫那样，指责妻子的不忠，而是让她再度选择，最终，林徽因还是把对金岳霖的感情珍藏在内心，继续和梁思成一起，走完自己的一生。

如果说，林徽因是为诗歌而生，那么她为中国建筑事业呕心沥血的点点足迹，才是她传奇人生的最美写照。在那个因政治动荡而导致生活极度艰难的社会背景下，林徽因随丈夫梁思成辗转四方，甚至不惜隐居乡野；但他们始终不忘自己的使命，勇于担当起时代的重任，去全国各地实地考察，潜心研究。他们用自己的虔诚、辛劳、热忱和诚挚的情怀，保护和修缮古建筑，为中国建筑事业做出了杰出的贡献。其实，他们保护的，远不是古建筑，而是鲜活的建筑历史、沉淀的建筑知识与人文的建筑情怀。

喜欢林徽因的诗，像四月的枝头刚刚绽开的花儿，既不浓艳，也不冷峻，读来温和绵软，清新畅快；更喜欢她的人，集万千风华于一身，却没有半点恃宠而骄的姿态；即使在当时已是声扬四方的社会名流，她依然故我，诗心悠悠，始终保有内心世界的一片青葱。这种超凡的生命境界，不仅来源于她一直秉持的个人操守，更源自她深厚的文学修养。

林徽因的诗情和她在建筑学上的造诣，一直为世人传颂和称道，而她在舞台表演、设计，以及外语翻译等领域的非凡表现，却很少有人知道。20 世纪 20 年代，印度诗人泰戈尔刚刚获得诺贝尔文学奖后来华访问，林徽因的才华再次得以展示。北京讲学社请到诗翁，在当时的中国文化界确实是一大盛事。林徽因不仅参加了欢迎、接待，为泰戈尔做翻译，还跟随父亲林长民，与梁启超、胡适等一起陪同泰戈尔游览北海，与徐志摩等陪同泰戈尔游览京郊法源寺，观赏丁香花。当时，林徽因等人还编排了泰戈尔的诗剧《齐德拉》，不仅亲自饰演女主角，还自己设计舞台。

至今，杭州西湖边上，依然立着林徽因的木镂空像，原因是这位被胡适誉为我国一代才女，也是我国第一位女建筑学家的林徽因，就出生在杭州的一条小巷——蔡官巷。这个和我们相隔了一个多世纪的女子，在自己短暂（51 岁）的一生里，像一颗流星一样划过浩瀚的宇宙，也划过璀璨的星河，而她的光芒，何曾淡去！不仅如此，在变迁的时光里，在拉长的岁月里，反而日渐恢宏，晕染一代又一代后来人。

人间最美四月天。四月的美，不仅在于桃李吐芳、柳岸生烟，不仅在于万物含春的娇羞与柔软，更在于一代才女留给我们的四月诗篇，那么清丽和飘逸，那么隽永和明媚……是的，她以自己一生的传奇写就燕在梁间的呢喃，写就爱和暖，写就希望和明天。此时，我宁愿相信，林徽因的这首传世之作，是写给茫茫人海里的你和我，写给天下所有崇尚光明的使者，写给每一年的四月天。

北海的丁香又开了，开得热烈，也开得清冷。也许，它们和我一样，站在阳光下的一角，任清风拂过衣襟，默默地念起光阴的故事。此时，她的一颦一笑，她曾经创建的诗社、设计的舞台、测量过的桥梁和檐脊，都成了风中的花絮，飘飘起舞。如今，那个齐耳短发、娇俏玲珑、裙角生风的一代才女林徽因去了，那个蜚声海内外的传奇女子去了。遵照梁林的约定，梁思成亲自为她设计墓碑，碑文只有七个字：建筑师林徽因墓。在她的追悼会上，学界泰斗金岳霖，也是爱了她整整一生的男人为她写下这样的挽联：“一身诗意千寻瀑，万古人间四月天。”他是懂她的，他的懂一点都不少于他的爱，她在他的心中，永远都是人间四月天。也许是巧合，也许是天意，林徽因离开的那天，正好也是四月一日；四月的第一天，她在万花盛开的时节凋零了。这个为四月而生的女子，她的诗歌，喂养了一个又一个春天，生生不息，历久弥香，流芳万古。

是的，你是人间四月天！四月的天空和大地，因为你才会如此辽阔和悠远；因为你，山河生香，万物柔软；因为你，薄情的世界，才有了更多的爱和暖。

四月，再难寻到你飘逸的裙裾、一身的诗意，只有你的诗句依然在阳光下独自呢喃，仿佛风中绽放的花朵。

丁香啊，丁香，你寂寞地开，我幽幽地念。

又见桃花儿开

俗话说：过了清明冷十天。北方的春天来得晚，大地回暖，需要一个漫长的过程。不像江南，四季苍翠，没有明显的季节跳跃。

半个多月前，就听说武大的樱花开了，甚是向往。而北京玉渊潭的樱花节，往往要等到三月下旬，尤其晚樱，需等到清明前后才能盛开，这是南北方气候不同引起的差异，同样的花，因所处地理位置不同，花期也不同。

而眼下开得最多的是桃花。尽管人们一直以为迎春才是报春的花，可我还是认为只有桃花开了，真正的春天才算开始。今天春分，正当春季三个月之中，桃花开了，不早也不晚，开得正是时候。

天生酷爱春天，这也许是我与生俱来的一种情结。对于桃花，对于三月，仿佛总有抒不尽的情愫，缓缓地流淌，如同一条朴素的河流，途径故乡和亲人，而灵魂

的抚摸，何尝不是一种融入和渗透！

我生来与桃花有缘，且是传说中的不解之缘。那年的一个三月天里，在牤牛河畔一个开满桃花的小院，随着纷纷飘落的桃花，我来到了这个世界。之后，那棵开满桃花的树，和故乡亲人一起，陪我慢慢长大。记忆中，每年花开的时节，我都会站在花树下，一边看桃花儿灼灼盛开，一边仰起头做深呼吸。有风的日子，我会闭上双眼，在淡淡的落香里伸出手臂，任飘飞的花瓣落入掌心。有时，我会将落花聚拢在一起，用泥土覆盖，再用手掌重重地拍上几下，于是一个小小的花冢，便会就地落成。那个时候，我不懂什么叫作情结，或许只是单纯地喜欢，抑或还有其他说不出来的缘由。总之，我爱上了与桃花缠绵的日子，爱上了和桃花一起“过家家”的游戏。

后来我长大了一些，常常在小麦拔节的时候，跑去地里挖野菜。在麦苗之间的缝隙里，或者凸出裸露的田埂上，只要看到长着细长条叶子的小桃苗，就像发现新大陆一样，欣喜得忘乎所以。这时候，我会小心翼翼地拔出桃苗，再刨出一些地里的湿土，将其根部包好、包结实，带回家种养，期盼着它能在来年开出好看的花朵，或者秋后结出一树又大又甜的桃子。而多数时候，小桃苗长不了几天，就会无疾而终。可想而知，那时我有多么沮丧和失望。倒是院子里那棵古老的桃树，我一直不知它的来历，从我出生那天起，它就一直陪着我花开花落，冬去春来……直到很多年过去，再回想起来，院子的东南角，那块幽僻的小天地，依然还有当年斑驳的影子。

因此，每年的春天一到，我就会首先想到桃花。公园、街角，甚至附近的田园，只要我能到达的地方，我都会去探寻有没有桃花的影子。我的寻访，不只限于驻足远观，我会走近它，在观赏中无声地凝望。我相信，它们定会听到我的心声，就像我一直懂得它们的语言，哪怕只是一个眼神的交汇，或者呼吸之间的轻轻一念，我们彼此都能心领神会。我确信，即使这么多年过去了，蹉跎的时光，亦不会改变岁月最初的模样，正所谓：零落成泥碾作尘，只有香如故。

也许，仅仅为了追寻一份单纯的记忆，或者淡淡的乡愁。去年春天，我再一次驱车奔赴北京植物园的“桃花节”。可当我真正地置身其中时，却发现人群熙攘，游客如织，内心的那份闲愁顿时烟消云散，哪里还有心情赏花。我不甘心，回来之后不久，便又前往小城郊外的农博园，竟发现一眼望不到边的桃林，美得不可方物，像极了我在《三生三世十里桃花》这部电视剧里看到的场景，以至于我严重怀疑，这部剧的导演最初定是在这里选景。曲径通幽处，一幢小木屋悠然闲适，深居在桃林的背后，宛若仙境一般。可当我走近桃林，近距离地看到每一棵桃树都被园艺师修剪得如出一辙时，内心的失望油然而生，这时，连盛开的桃花也不再真实。我想，美应该是天然的，不加一点粉饰和作秀的成分，而不是人为地去雕琢，这样的美，只能悦目，却不可以赏心。

尽管如此，我对桃花的偏爱和执着，却不会减少半分。每逢花开的时节，不管是公园里的碧桃、紫叶桃，还是小区绿化带里种植的夹竹桃，甚至果农栽种的蟠桃、油桃，只要有桃花盛开的地方，我都会欣然前往，或驻足远眺，或近而观之，将每一茎花香，尽收囊中。

又到了“万条垂下绿丝绦”的时节，只是在绿柳含风、桃花满园的春天，我再难寻到当年陪我长大的那株桃树，以及每年绽放的一树树桃花。此时，我想起沈从文说过的一句话：我行过许多地方的桥，看过许多次数的云，喝过许多种类的酒，却只爱过一个正当最好年龄的人。这是沈从文写给爱人张兆和的经典诗句。那么，又有什么不同呢？我想说，经年至此，我看过无数盛开的、羞赧的、招摇的、内敛的或者一意孤行的桃花，唯独家乡小院里的那一树桃花，才是我内心真正的花朵，常开不败。

村上春树说：“每个人都有属于自己的一片森林，也许我们从来不曾去过，但它一直在那里，总会在那里，迷失的人迷失了，相逢的人会再相逢。”一棵开满桃花的树，可以长成心中的一片长林吗？那里有阳光、有清风、有云朵、有笑声，重要的是，我曾经去过。相信，它会一直在那里守望着我，守望着我们一起漫过的时光，那么远，那么悠长……而我永远不会迷失，那个生我养我的小院，那个叫作故乡的村庄，每一次深情地回想，都是一次和亲人的重逢，和自己的相拥。

一抹馨香挥不去

如果按照节气来分，大寒应该属于农历二十四节气之末，顾名思义，是酷寒、极冷的意思。不同的是，这个冬天，没有以往的寒风刺骨，这大概就是人们常说的暖冬吧。

而冬天毕竟还会葆有冬天的况味。比如，轻薄的雾气笼罩大地，比如干枯的树木静默不语，比如墙角儿的残雪寂寂地歌唱。不用说，这个时候，护城河厚厚的冰层也在开始融化，再也撑不住孩子们滑行的舞姿和散落的欢声笑语。

时至冬末，最后一场降雪带来的莹白和空旷，凛冽的北风，以及风中裹挟的清冷和孤绝，即所有与冬有关的情愫，都在渐次离场。晚冬，仿佛一位即将远离故乡的亲人，没有告别，没有拥抱，此时，他站在春的巷口，只需轻轻地转身，就会留下一袭清影给我们，也给这个肃杀的世界。

如同对故乡的不舍，之于冬天，我有太多的话还没来得及说；有太多的爱，还没来得及倾诉；太多的给予，还没来得及馈赠。是的，我想对漫天的雪花，挥洒我飘逸的诗情；我想对沉默的天空，抛出我浓浓的敬意；我想对脚下的土地，掏出我的羞赧和赞美；我也想对远方的你，说出一直藏在心底的爱意。然而，春的脚步越来越近，二月的钟声就要敲响，我怎么能够，我如何能够做到这一切，让心中的愿望，不至于成为流年里的空梦。

此时，大街小巷，一串串大红灯笼高高地悬挂，家家户户，崭新的春联贴满门扉，远处的田野，乡亲们的烟花爆竹声还在空中飘荡……此时，大江南北，四野八荒，无不洋溢着新年的喜庆。而我，安于自己的小屋里，手持海子的《春暖花开》，细品一杯浓香的卡布奇诺，任奶香里的泡沫淹没时光，淹没轻轻浅浅的记忆，在刘珂矣的单曲循环里，静静地打开生活，也打开自己。

“风停千里外，谁寄花笺来，是鸟是鱼是青苔。”是啊，谁在千里之外，寄来花笺一盏，留得满园馨香。也许，真如歌里所唱，花笺梦里来，是鸟是鱼是尘埃。回眸，看到满屋的兰花，瞬间流出眼泪。不记得从什么时候开始，喜欢上了兰花，更确切地说，是酷爱。我把一株一株的君子兰、蝴蝶兰、国兰、吊兰请到家中，放到客厅、卧室、茶几之上，日复一日，年复一年，它们陪伴着我，度过春夏秋冬，度过一个个晨起暮落的日子。我想说，寻常日子里的一粥一饭，一梦一醒，我们彼此的注目和聆听，无声却胜过千言。它们像久居的故人，见证着我的一颦一笑、一喜一怒，也见证着我的成长和蜕变。星辰下，我曾无数次打开心扉，与它们默默对语；也曾无数次将它们的身躯舒展，漫漫长夜，仿佛灵魂与灵魂的缠绵。是的，月光下，我喜欢站在卧室的阳台上，轻轻地抚摸莹白花架上的两株吊兰，它们伸长的茎蔓，几乎要触到我的床脚。四九的天里，窗外枯枝败叶，而它们却极力为我开出星星一样的小花，这是多么神奇的景象啊！花是一枝禅，我一直相信，花开花落，都是大自然赋予它们的使命，而每一个带着使命而来的生灵，都值得我们敬畏，值得我们用一生去膜拜，用灵魂去倾听，就像此时的吊兰，它们垂吊的不仅仅是一片片叶子，而是对生活的垂吊，对生命的诠释，是一声声无言的诉说，一曲曲动听的慢板。

寒冷的冬天，有多少荒芜和萧瑟，就有多少纷繁与热烈，有多少日月星辰的交错，就有多少天空下的仰望和诉说。此时此刻，我不禁想起那些飘雪的时刻，那些在雪中绽放的红梅，那些远远近近的琴音，那些来来去去的身影。他们在梦里梦外，与我擦肩而过，而我想说，他们并非只是我生命的过客，而遇见，又是几世修得的缘分，落得此生，彼此驻足，倾心回眸。

此时，遂想起几天前闺蜜劝慰我的一句话，要我停下笔耕，暂且休息几日。她的话，像一股暖流，顿时盈满我的身心。这世间，能够偶尔被人念起，能够在每天清晨醒来之后看到新的日出，是一件多么幸福而奢侈的事情啊！只是，我不能停下我的笔，如同河流不能停止奔涌，马儿不能停止嘶鸣。

是啊，如何能停得下来呢？你看，那株被叫作“和尚头”的君子兰又开出十二瓣小花，孩子养的小乌龟即将结束冬眠，它偶尔探出小脑袋，仿佛在窥视我，也在窥探这个季节的变化。世间万物，开始复苏。在春姑娘醒来之前，我要如何留住这一点一滴的感动和柔软，让时光在此刻驻足，为你为我。

也许，生命的弥足珍贵，就在于生活中无处不在的馨香，以及由此而生发的感动，它是冬天的飘雪，绽放的红梅；它是中国年里高高悬起的红灯笼；它是角落里幽幽吐芳的兰儿；它是远在千里之外的友人，一声声含泪的叮咛和嘱托；它是花间浮出的瓷音；是星辰下一次次深情的仰望。因了这抹馨香，生命才有了诗意的写真，动听的倾诉，才有了山河万里长月悠悠的不朽画卷。

其实，真的无须刻意留下什么，来和去都是必然，就像四季轮回，潮起潮落。只是留存在记忆里的那一抹馨香，一直在时光的回廊里，充盈着我们的视线，不肯离去，也不会离去；仿佛经年的风景，附着在我们曾经的背囊里，暗了、淡了，依然历久弥香。

雪，人间的浩荡之美

上一场雪还未完全消融，昨夜又降下一场大雪。这才想起，今天是小寒。也许是交节的原因吧，这场雪来得迅猛，也来得及时。它不像前几场雪，在你还来不及看清它的真容时就悄悄隐退。它的盛大和浩荡之势，远远胜过以往。它的突如其来，让我们一时乱了阵脚，走了半生的路，竟然找不到入口和出口，茫然中，更不知该朝着哪一个方向抒情。

每天都要路过的梧桐、塔松、樱桃、海棠树以及满园的冬青，它们都去了哪里，地面上枯黄卷曲的叶子都去了哪里，冬眠的小草去了哪里？此刻，只有铺天盖地的白和清晨的阳光相互辉映，仿佛大自然在人间营造的一个梦幻，或者从书中走出来的童话背景，无论如何，你都不会相信这是一个真实的画面。

此时，我多想去空旷的原野走一走，看看那时春天的一树树桃花、杏花、梨花、李花，在皑皑白雪覆盖

下，是怎样的一种况味；多想再回到去年夏秋时节去过的上饶大地，看看我曾经驻足的竹林、芭蕉、香樟和红豆杉，这一刻是否为雪白头；多想再去看看鄱阳湖的候鸟、龟峰的山石，是否也在这样的雪天，牵系着我的冷暖。可是，眼前的雪景，分明让我目不暇接。你看，远远近近的山岚、高低错落的屋顶全都被厚厚的雪覆盖，甚至阳光下的一棵棵矮树，竟然被傲雪压弯了头。此时，我不知是该赞美，还是应叹息大自然的鬼斧神工，竟然让万物变得如此神奇，甚至神圣得令我们朝拜和敬畏。那一刻，我站在风里，凝思良久，不忍离去。

翩雪入帘，如梨花般开满天际，那么千百年前，古人眼中的雪花，又是如何一般滋味呢？唐朝诗人白居易在《夜雪》中写道："已讶衾枕冷，复见窗户明。夜深知雪重，时闻折竹声。"清朝袁枚在《十二月十五夜》中写道："沉沉更鼓急，渐渐人声绝。吹灯窗更明，月照一天雪。"也许，每个人的心境不同，场景不同，赋予雪的意境和感慨就会千差万别，或悲或喜，或浓或淡，带给人们不同的美和感受。

北方的冬天，人们喜欢用北风呼啸、鹅毛大雪来形容。如果你的生命真正经历过这样的冬天，我想，这样的描述，一点都不为过。记忆中的冬天，仿佛更像冬天。那个时候，一旦入冬，尤其数九以后，一场接着一场的雪便会接踵而来，漫山遍野的白，让冬天的空旷一览无余。往往在这样的时候，我和同伴便会相约一起，跑到村庄之外，看秋后的庄稼地里长着的玉米秸，周身挂满雪霜，像一个个驻守的战士，在自己的阵营里，和寒冷对峙，永不折腰；有时，我们也会跑到附近的铁轨周围，看一列列老旧的火车，隆隆地碾过黄昏，碾过炊烟，碾过我们幼小的幻想。那时，由雪天而生的欢喜和惬意，让孩童的我们，从未对生活产生过畏惧和彷徨。只是懵懂的年龄无力表达，无力在漫天的莹白里说出爱，无力在咯吱咯吱的雪地里，种下我们的梦想和祈愿。

一直懂得，来和去都是必然。生命中，从未想过刻意留下什么，却总有暖暖的感动萦绕着我，不肯离去，它们像夏天的藤蔓一样在阳光下疯长，将柔软的触角伸向我，等我驻足，等我抚摸，等我深情地注目，就像这个冬天，我眼前飞盈的雪花。它在我的内心，已经不是单纯的雪景，而是一种情愫，一种钙化的情结，它呼之欲出，而我却将它藏在灵魂深处，藏得很深，从不舍得取出来，甚至不忍心将它示人，我怕凡尘玷污了它的纯洁和神圣，我怕它的纯白会将自己灼痛，我怕它燃烧时

会引爆北风，我怕北风呼啸着向内而行。

有人说，苦雪烹茶；有人说，红炉煮雪。前者，未免有些惆怅，后者，便多了几分闲适。而我想说，雪的隆重、雪的盛大、雪的高洁，怎么可以为人间闲客轻易拿来把玩，它需要我们屏息凝气、睁大眼睛，静静地观赏和品嚼，需要我们以灵魂触摸和仰视。

雪，来自天际，最终却要降落人间，回归大地。我无法参透这其中的禅意，也无法解开它蕴含的玄秘。

喜欢在落雪时分，站在风中，伸出双臂，托起漫天的雪花，也托起沉甸甸的生活。在飞雪面前，世间万物皆变得渺小和微不足道。雪，像一位胸怀博大的圣母，将天地相连、将万物包容，她以莹白的乳汁喂养大地，喂养山河，喂养日月星辰；它的浩荡之美、磅礴之美、永恒之美，真正称得起世间的大爱，人间的大美。

我爱冬天，更多地源于呼啸的风，飘飞的雪。雪飘飞时，我的心也跟着一起飘雪，它飘向天涯，飘向海角，飘向一座座山，一条条河，也飘向我的爱人，我的故里。

飘飞的世界有多大，人间就有多浩荡。雪，连起天空和大地，连起长古和历史，连起远山和近水，也连起风中的我和你；从遇见到相逢，从瞬间到永恒。

妈妈，您在那里还好吗？

我的生日是农历三月。小的时候，每逢生日这天，妈妈就会破例蒸一锅又白又胖的馒头，寓意发大个儿，长身高。可每次新出锅的馒头，顶部都会裂开一个大大的十字口，我很是不解，找妈妈问原因，妈妈总会笑着答我，“你过生日，馒头也赶来为你庆生，笑开了花儿。”那个时候，我信以为真，就会附和着妈妈傻笑。长大后才知道，妈妈蒸的馒头掺了玉米面，在那个贫穷的年代，几乎每家每户缺少白面（小麦面），何况，仲春时节正是缺吃少穿的时候，因为刚刚过了年，麦收又没有到，用庄稼人的话说：前不着村后不着店，人们去哪里弄到那么多的细粮。虽然我的生日掺了假，但因为我并不知道这些，丝毫没有影响我快乐的心情，之后连续好几年，我的生日都是在一锅开花的馒头和一盘素炒绿豆芽中度过，因为有妈妈和哥哥姐姐的陪伴，我总是很开心。

我六岁时，爸爸生病去世，留下妈妈和我们兄弟姐妹四人。那时，除了刚刚结婚的大哥能够帮助妈妈养家，二哥和姐姐都在上学，我还是一个懵懂无知的小孩儿，可想而知，妈妈的处境有多么艰难。

可妈妈硬是咬着牙挺过来了。那个时候，农村还没有实行生产承包责任制，每天早晨的钟声一响，人们就要去生产队里集合，然后由生产队长带领大家去地里干活；队长按照出工天数统计工分，等收成后按工分分配粮食。妈妈的身体不好，严重的胃病让她常常吃不下饭，睡不好觉，可妈妈仍然坚持每天出工，为的是多挣工分，为我们换取更多的粮食。不仅如此，每次出工回来，妈妈还会变着花样儿给我们做饭，尽量让我们吃饱、吃好。其实，又能换出什么花样，无非就是把玉米饼子换成窝头，或者把少量的白面包在玉米面外边烙成饼。那时我一直好奇，妈妈怎么会那么手巧，能把新鲜的榆钱儿和在玉米面里打出烀饼，薄薄的一层，香而脆；有时，妈妈也让我们去田里挖野菜，那个年代不用农药，无须担心污染，挖回来的野菜被妈妈用开水焯过后，切碎做成馅子，外边包上预先和好的玉米面，放去蒸锅里蒸，不一会儿，一锅香喷喷的菜团子就出来了，那是我吃过的最好吃的美味佳肴。

家里家外，妈妈都是一把能手。那个年月，冬天没有暖气，农村电力极度缺乏。大多数时候，人们靠炭火取暖，或者使用烧煤球的红泥小炉，后来改成烧蜂窝煤。每年初冬时节，一到晚上，我们一家人就会坐在一盏煤油灯下，围在炉子旁边，一边从秋后摘下的棉花桃子里抠出棉花，一边听妈妈讲陈年的故事。那个时候，我还没有学中国历史，就从妈妈的故事里知道了水浒、三国，知道了梁山一百零八将，知道了桃园三结义。从这些英雄的故事里，我感知了中国历史的博大精深，同时也为我们的列祖列宗深感骄傲和自豪。在这样的日子里，我们度过了一个又一个美好的夜晚，累了困了，倒头甜甜地睡去，第二天一早醒来，暖暖的阳光透过窗玻璃照进来，床头，竟是我穿脏的棉衣，一夜之间被妈妈洗净翻新做好。顿时，一股暖流涌遍全身……我的妈妈，难道一夜未睡？是啊，那个年月，没有可换洗的衣服，妈妈又是一个极度爱干净的人，她无法忍受自己的孩子在人前人后的脏腻，所以宁可自己熬夜，也要让孩子光鲜亮丽。

其实，妈妈的聪明好学也是远近闻名的。那个时候没有超市，人们购物买东西，都要去乡里的供销合作社。每次妈妈去合作社买布料时，售货员的布还没扯

完，妈妈就把要付的账算好了，常常搞得售货员目瞪口呆、不知所以。依稀记得，我上学时，晚上常常在煤油灯下学习，这个时候，妈妈就会在旁边陪我，安静地做着她的针线活。往往是，一首需要背诵的古诗，我刚读出第二遍，妈妈就已经倒背如流。直到妈妈去世前夕，依然清晰地记得我们学习过的诗词。我想，如果妈妈能赶上现在这个时代，一定能考进一所理想的大学。

我也一直疑惑，妈妈的颜值是不是来自传统学上的遗传基因。因为我从来没见过外公外婆，听说，妈妈十四岁时，二老就双双离世了。而妈妈在有生之年，不管日子多么坎坷，她天生白皙的皮肤、姣好的身材，以及笑容可掬的漂亮脸庞一直陪伴着她，打败生活所有的磨难，直到生命的最后一刻。

每到夜晚，我抬头望星空，看到一轮明月高挂，就会想起亲爱的妈妈。妈妈自小失去双亲，爸爸又过早地离开了她，可坚强乐观的妈妈，从来没有向生活屈服，她默默地接受和面对命运赋予她的一切，把苦难化成粉，和成面，做成食物，吞下去，转化成身心的营养。

妈妈离开我整整 16 年了。每年的清明节、中元节、寒衣节以及妈妈的忌日，我都会如时赶回老家，去妈妈的坟前为她老人家烧纸钱、送寒衣，希望妈妈在那个世界幸福、快乐、平安、吉祥。对着一缕一缕升腾的轻烟，我双手合十，为亲爱的妈妈祈福，也为我自己和亲人祈福：希望这个世界再也没有疾病，没有苦痛。

如今，我已是一对儿女的妈妈，面对日常的鸡零狗碎，以及生活的无奈，我常常会想起妈妈，想起妈妈给我缝过的棉衣，做过的被子，煮过的三餐……时光的每一寸肌肤，都有妈妈划过的影子，清晰又模糊。妈妈的一生没有给我留下任何财产，哪怕是一点点小小的积蓄，但她的善良和宽容、她的聪明和智慧、她的美丽和豁达，一直深深地影响着我，让我带着一颗感恩的心前行，以善良和悲悯的情怀，去包容世间万物，以豁达的胸襟，去看待世间的纷纷扰扰。

我相信，妈妈走后一定是去了一个美丽的地方，那里有蓝天、白云，有流水、花香，那里一年四季如春，那里只有白天没有黑夜……妈妈，您在那里还好吗？可曾见到了您久违的爹娘，可曾与我亲爱的爸爸团聚？

草木荣枯，日月轮回。妈妈，我们一起走过的日子，早已化成我心中的暖流，涤荡着起起落落的生活。妈妈，您让我懂得了这个世界上有一种爱，叫作无私和伟大；有一种情，叫作感恩和回馈。您给予我的一切，我都会铭记，也将会悉数传承给我的孩子。感恩生命中

所有的遇见，感恩一点一滴的爱和暖。

此情可待成追忆，只是当时已惘然。妈妈，每当我念起您，我多么希望时光能够倒流，让我们从头再来；或者，如果生命真有转世之说，我希望：下一世我做您的妈妈，您做我的孩子，让我偿清这一世我欠您的所有的债。可是，爱，如何去计量？

妈妈，您在那里还好吗？我知道，您住在一个有云朵的地方，那里叫天堂。而我的每一次仰望，天空都会落下雨水，那是我眸子里的一滴泪，那么晶莹、那么剔透地映着您的目光，也映着我们一起走过的日子——大手牵小手，在夕阳下，一对影子被生活拉长。

古镇，古水，古长城

一直心心念念的古北水镇，终于在几天前得以成行。如果把这次出行称为我的圆梦之旅，一点也不为过。不仅因为这里的晚秋隆重而盛大，更因为小镇浓浓的复古气息，让人感觉仿佛在旧时光里游走，出神入化、恍恍惚惚，一时竟忘了身在何处。

古北水镇，全称北京密云古北水镇，位于北京市密云区古北口镇，背靠中国最美、最险的司马台长城，坐拥鸳鸯湖水库，是京郊罕见的山水城结合的自然古村落，素有“北方小乌镇”之称。

几年前，也曾游览过浙江著名的水上景观乌镇，不同的是，古北水镇保存有精美的民国风格的山地四合院，这也是老北京建筑风格的一大特色。迄今为止，除了北京中心地带极少的一部分四合院，记录着古都厚重的历史、沿袭的民俗，在其他地方，已经是不多见了。这些错落有致的四合院，加上满院满墙攀爬的红叶，如

诗如画，让人目不暇接。穿行其间，在曲径通幽的青石板路上，每一方脚步，都能踏醒旧时的光阴。我无从考证这些古建筑的年代，有人说是明朝，也有人说是清朝，小镇房屋的屋檐形状和檐顶所用琉璃瓦等，像极了北京故宫和颐和园的建筑。其实这些都无关紧要，重要的是，在一举手、一回眸间，就能遇见静好的阳光，不惊不扰，足矣！

也许正中了那句话：一切都是最好的安排。在小镇众多的客栈中，我选择了纳兰客栈入住。不仅因为性价比高，它距离摆渡车经过的游客中心最近，更关键的一点，是因为“纳兰”这个名字。纳兰，这个婉约而多情的词人，这个文韬武略、三百年前随康熙皇帝多次出巡的一等侍卫，最终因爱而郁郁寡欢、英年早逝的男子，此时此刻，让这个小镇更多了一层朦胧和神秘的气息。“人生若只如初见，何事秋风悲画扇”，客栈的门扉上，赫然醒目的古词，遥遥地昭示着那个年代一阕阕生香的故事。是的，一切始于初见，如此时，我与小镇的山水。

古镇最多的是客栈，除了纳兰客栈，还有木兰客栈、镶蓝小院、静落茶舍等，且不说内里的布局和装饰，光是这些清雅的名字就已经让人心生向往。客栈大多为二层，与乌镇不同的是，小镇的客栈多是砖结构，院墙或是砖砌，或由大小石块砌成，这是北方的建筑特色，小镇也不例外。那天，在一家没有名号的小院前，我停下了脚步，只因瓦灰色的门扉上烙印着的一副斑驳的对联：庭清且吉，道泰而昌。字体虽然老旧，却依然清晰可见。我不知几百年前小院里居住的是何等人家，但有一点可以确定，主人定是博雅清欢之人，虽生在浮世，却给心留得一方清幽，希望国泰民安，家和道昌。拱形的门楼下方，是条状的石头铺就的台阶，厚重而古朴，门楼上方的“爬山虎”被此时的金秋染红，顺势爬满整个院墙，阶前笔直粗壮的古槐树，抖落一地灿黄的叶子，宛若这个季节的梦，一触即飞。远方，绿色的垂柳、静谧的孔桥、澄澈的湖水、围成方形或圆形的篱笆墙，与之遥相辉映，一身诗意，汉韵万方。当然，夜晚的小镇更是别具风采，墙上每隔几米悬挂的小吊灯，泛出幽幽的光，照着门前的落枫，也照着南来北往、稀稀疏疏的行人。

小镇美，美在古建，而古建的美，在于淙淙流淌的河水，和急缓相间的瀑布。小桥流水，慢行的小舟，悠悠的乐曲，让午后慵懒的猫咪躲在屋檐下的墙角打盹儿。一米阳光泻下来，水波之上偶尔旋起的声响，叮咚

地吵醒路人的梦……我不知，这一条条清澈的河水，源头在哪里，流经了多少个日子，水中的倒影，惊艳了多少年少的时光，一切都如谜一样，在我眼前打结、飘逝。解或不解，懂或不懂，它们依然兀自蜿蜒，不因风雨阴晴而改初衷，且一直向前，朝着自己想去的方向。

或许，在喧嚣的闹市待得久了，才会对这世外桃源般的小镇情有独钟。你看，一座座染坊里悬垂的花色棉布、月老祠的许愿树上挂满的祈愿牌、醇厚浓香的烧酒坊、高高架起的大戏台、塔院里虔诚祈福的信徒、老字号的面馆以及古色古香的门楼，哪一处不是烙印着旧时光的痕迹？此时，我想起几百年前在戏台上唱大戏的伶人，他们早已作古，远离尘世，而那咿咿呀呀的唱腔，依然在空中飘浮着、游移着我们的视听，那时坐在戏台下的看客，也已经离去几百年，但他们坐过的长板凳还在，斑驳的漆面上，依然留存着时光的余温，殷殷流淌着当年的梨园夜话。他们也许和纳兰容若生在同一个年代，也许更早一些，或者稍晚一些，这些都无从考证。睹物思人，一个“古”字，便是情也悠悠，念也悠悠。

说到小镇，绕不开一个重要的地标性建筑：司马台长城。它是我国唯一保留明代原貌的古建筑遗址，以险、密、齐、巧、全五大特点著称于世。在司马台西侧的长城脚下常年流淌着水温38℃的温泉，叫人称奇的是与之相距几十米的东侧却是冰冷刺骨的冷泉，犹如鬼斧神工，奇景天成，当地人给其起名“鸳鸯泉”。原来，这一段长城，当年被戚继光等大将驻守，在御敌楼上，他们曾经击退无数来犯入侵者，用自己的生命，保住了这方水土，才有了我们今天的登高远望和悠悠思怀。那天，我坐索道登上了司马台长城，在索道的吊厢里，我拍下了长城脚下的万家灯火，而后，站在断壁残垣的古长城上，沉默良久。月凉如水，风从远古吹来，吹过草木山水，吹过当年英勇奋战的士兵，吹过神州大地、日月星辰下的每一次仰望和每一声祈愿。

回来的路上，夜晚的小酒馆里反复回放着赵雷的《成都》，“让我掉下眼泪的，不止昨夜的酒，让我依依不舍的，不上你的温柔……”，那么，当所有的灯熄灭后，你还会为我停留吗？小镇的山，小镇的水，小镇的客栈，小镇的长城，和那些暖暖的时光的记忆，都在古老的纺车上、在山顶教堂的经声里，也在青砖碧瓦下的红枫里，凝锁着光阴的故事，不曾老去，也不会老去。

诗歌，生活的颤音

——代《忽如故人来》后记

月朗星稀，霓虹闪烁，这样的夜晚总是让人沉迷。

多少次，穿过窗外的灯火，看一袭袭陌生而朦胧的影子，内心的感慨总是油然而生。这个世界，我和他们一样，都是在努力追梦的人。不同的是，我的梦支离破碎，甚至模糊不清。每每醒来，我都会努力回忆梦里的情节，也试图在这些断断续续的故事里寻找蛛丝马迹，以求握在掌心，作为回味或咀嚼的依托。而越想抓牢的东西，消逝得越快，这像极了生活，像极了爱情。所以，做了这么多年的梦，我依然是两手空空。从某种意义上来说，诗歌帮我圆了梦，它一边唤醒我、一边救赎我，所以我经常自嘲地说：诗歌，递延了我的生命，升华了我的梦想，它让我一次次走出疼痛，在濒临绝望的荒凉地域重新看到火光，如同一个生命垂危的人复又抓到求生的稻草。

我一直认为，写作是纯个人的行为。每个人，都有自己的一片私田。对一个诗人来说，他（她）的自留地可以是一山一水、一草一木，甚至每一寸肌肤之上都可以用来种诗歌。生活是诗，爱情是诗，日月星辰是诗，一梦一醒也是诗。诗人的世界何其广袤，何其高远，而这个世间，又有几人能够真正地懂得或静下心来倾听一首诗的灵魂？我不敢奢望，也不去设想，唯有在诗意的生活里虔诚而笃定地走下去，且一去不复返。

可孤独依然如影随形，并在我的身体里根深蒂固。有人说，生命是一场漫长的修行，而生命何尝不是一场泅渡？渡人渡己，渡日渡月，渡今生，也渡来世。孤独的旅程，我们一次次举起苦难，也举起号角，而诗歌，在它们的夹缝里，一次次应运而生，面对尘世的纷纷扰扰，时而悲鸣，时而歌唱，时而低吟，时而沉默……

像虔诚的信徒收取舍利子，我站在诗歌的背后，收取生活的琴音与芳香，也捡拾它的荒芜与迷茫。每一场的遇见和路过，都是生命赋予我们的必然；我爱蒙蒙的细雨，爱南来北往的风，爱慵懒的阳光蜷缩在午后的墙角，也爱木质楼梯上传来的哒哒的声响。你看，活着，是多么美好的事情。一看到窗外那些盛开的花朵，我就想把自己再绽放一次，可这是怎样的痴心妄为啊！

我说过，我是一个俗得不能再俗的人，我爱江山，也爱美人，鱼和熊掌之于我实在难以抉择。我还想告诉你，我也是一个低矮而卑微的人，我会生气，会任性，偶尔也会耍小脾气。但我坦荡真实，我拒绝生命里一切伪饰的成分，拒绝生活的平庸、暗淡和浑浑噩噩。

讴歌是诗者的责任和使命，而生活的真相，更需要我们走进黑夜，走进深不见底的沉渊，在丛丛荆棘之上去挖掘和探索。做真实的自己，过真实的日子，哭和笑，都是生命的馈赠，既不吝惜，也不过度消费。

常常有人对我好奇，刨根问底，甚至想把我的祖上八代都要挖出来一探究竟。原因是我的诗歌空灵、缥缈，不落痕迹。难道诗歌和出身也有宿缘吗？我不懂。我从来没有掩饰过自己的出身，现在依然向爱我的读者朋友直言，我出生在世代农民之家，身上留着祖先的血液，也会永远带着一身泥土气息。我爱我的家乡，爱亲人，爱儿时的背篓，也爱黄昏笼罩的屋檐。但我无力改变一个时代的贫穷和落后，无力改变我六岁时父亲离世的事实，无力改变一个家庭因此负重前行的困苦。遗憾的是，我写了那么多诗歌，却没有几首写我的家庭和亲人。我不敢过多地触碰，不想写，亦不能写，我宁愿把他们放在我心里最隐蔽的一角儿，想了念了，在无人的角落，悄悄地掏出来咀嚼和回味。上帝送给我这么弥足珍贵的礼物，我怎么可以轻易示人，我知道，我欠我的亲人一首诗，但我会用最真最美的情去守护他们，守护着他们的过去，守护着他们的现在，也将守护着他们的未来。

距离上一本诗集《陌上春几行》付梓发行已经整整五年了。我庆幸，五年之后的今天，我还能坐在电脑桌前，享受着窗外安静的阳光照耀，敲打着这些凌乱的思绪和字句。人生，能有几个五年？今年的春天，新冠肺炎疫情在全球蔓延，夺去了那么多无辜的生命，我庆幸自己还活着，还能每天在清晨醒来，看见新生的太阳，这是多么美妙的一件事。生和死，对于每个人都是公平的，我们无权选择生，将来，也没有能力决定死，但我们可以做到让活着的每一天尽量精彩，精彩的意义不是完美，不是无憾，而是面对日月星辰时的无愧和无悔，是对自己和他人的不负。福善往来皆是缘，珍惜每一个我爱的、爱我的，不管是熟悉的、陌生的，见过或者没有见过的，不管是花是草是石头，是风是雨是彩虹，生命里的每一个过客，我都视若珍宝。

这本诗集的名字《忽如故人来》，是诗集里一首诗的文题。一本书的名字，如同人的眼睛，是你向世界

打开的一扇窗。至于诗集的选题，我曾想过很多，其间，也征求过几个好友的意见，而最终选择了《忽如故人来》这个名字，一是源于它与上一本诗集《陌上春几行》格调相似，二是这个文题蕴含了一种动态的美感，即一段旧时光的回归和再现，让人眼前一亮，不得不转身回眸，正是这个瞬间，成就了永恒之美。

细心的读者可能会发现，在这部诗集里，我曾多次提到“黄昏”这个词。是的，黄昏将一天的忙碌和追索沉淀，我爱一个人走在夕阳下有所思或不思，爱篱笆墙上伸出的藤蔓一次次刷新我的记忆……人到中年，如同午后渐渐走近黄昏，而我允许时光回眸，允许怀念葳蕤，允许星辰荡漾，甚至我依然期许黄昏时分的潮水临门，将夜晚的梦濡湿。人生，有许许多多哭不出来的疼痛，但更多的是浪漫和唯美，我以黄昏和海素描生命，叩醒沉寂的心声。在此，请允许我将《黄昏，我看到海》这首诗再次拿来和朋友们分享。

只是浅浅地一念
我就在夕阳里矮了下去
一同矮下的
还有头顶一片未冠名的天空

我不知道
海那边的星辰
是否连着我的夜空
我不知道，我仰望星空时
是否会有浪涛汹涌
覆没一颗沙尘的梦
我不知道，梦的时候
是否会喊痛一个含了半生的名字

然而，我确信
海鸥飞过时
清风就是五颜六色的修饰
我确信，三月每一朵盛开的花儿
都是春天潜伏的证词
我确信，风吹万物时
雨水从不怀疑
天空许以大地的辽阔和悲悯

白夜来去，幻影成谜
我确信，这个黄昏，我看到海

也看到你

对于这首诗，我不想过多地加以诠释，我想，亲爱的读者朋友们比我更清楚它要表达的内涵和实质。从某种程度上说，它代表了这部诗集的主旨：爱，包容，悲悯，期许，信任和温暖，尤其是爱。人世间，还有什么比爱更重要，更值得我们期许和等待呢？真正的爱，不是狭义的男欢女爱，而是人间大爱，是对天空和大地的讴歌和赞美，对日月星辰的仰望和敬畏，对一花一木的倾情和不舍。因为爱，生活变得婉约和鲜活，丰盈而多彩。感恩世间万物带给我的灵慧和感动，感谢诗歌让我重生，感谢内心一次次起伏的爱和力量。

生命是一场盛大的仪式。我爱阳光照耀下的每一朵花，路过的每一缕风，也爱黑夜的每一声蛙鸣，每一次战栗。它们一次次隐匿我，也呈现我，有时我坐拥山河万顷，富可敌国，有时我家徒四壁，一贫如洗……但我依然爱着，爱着生活的五彩斑斓，也爱着它的千疮百孔。

落，生命的禅意之美

不知不觉，又到了一年的小雪时节。仿佛为了应景，在节气到来的前夕，北方的多个省份竟然真的普降大雪，这是入冬以来的第一场雪，雪落无声，点点入地，似乎要将这个庚子年所有的阴霾吸尽和覆盖，从此，人间万象，道清且吉。

眼下已经是初冬，树上的叶子依然没有完全褪去，在寒凉的风里，一片片扑簌簌地飘零、落下，仿佛一生只为这一刻，不辱使命，华丽转身，完美谢幕。这时候，只要你愿意躬身，随意捡拾一片落叶，透过其清晰的脉络，就能听到隐隐的声响，这声音，是诉说，是告慰，是低吟，也是浅唱。这个场景，让我想到几天前在朋友圈里看到的山口百惠的一组照片。现年六十岁的她，走在街上，臃肿的身材和沧桑的面容，以及手里拎着的几袋子重物，无异于一个寻常的大妈，但她一脸的从容和宁静，无疑写满烟火日子里的清欢，这份庸常的

幸福定是来自她的丈夫三浦友和以及她的三个儿子。是的，当年因出演《血疑》而红极一时的她，在自己最美的年龄穿上婚纱，站在倾心的舞台之上，毅然决然地与亿万观众告别，当时，在热爱她的影迷之间掀起的风暴和震撼，是可想而知的。而这一刻之于她，是转身、是落幕，是生命地再塑和重启。

几天前进山，看到栈道两旁滚落的巨石，有的已经局部土化，我不知，这些巨石的形成是在几万年或者几十万年甚至几亿年之前，从哪一个火山口喷发出来，期间，经历了怎样的风风雨雨，见证了多少代人的历史与辉煌，与何人相遇或擦肩而过，而此时此刻，它们安静地躺在我的脚下，聆听我的心跳和喘息，在一级级陡峭的云梯上，看我爬过先人的足迹，四脚着地，回归原始，回归生命的最初。巨石落在我的身边，我落在生活里，我们彼此对峙、凝视，无声胜有声……此时，它们是远古走来的历史，是田间的布衣、久远的农耕，是一声声犬吠、一垄垄鸡鸣，是宫廷内外的城墙，也是守城侍卫刀剑上的寒光。在同一时空，我们落在彼此的灵魂里，因为懂得，所以慈悲。

世间万物之回落，皆有其禅意和空灵之美，只要你愿意走进，用心领悟。唐代著名诗人李商隐的诗句“秋阴不散霜飞晚，留得枯荷听雨声”，是对这种禅意之美最好的解读和诠释。《红楼梦》第三十七回更有关于这首诗的描述：宝玉嫌弃大观园中的荷叶已经残败，随口叨叨说破荷叶可恨，要遣人拔去，黛玉却偏偏和他争论，说平时并不喜欢李商隐的诗，独爱这句“留得残荷听雨声”。潇湘妃子林黛玉据说是西方灵河岸绛珠仙草转世，生来多愁善感。那么，她缘何也要“留得残荷听雨声”？只是为附庸风雅吗？显然不是。那么，为何要在残荷中听雨，单独的雨声不也很美吗？是的，雨声带给人的美是阴柔的，可回味的，而雨滴敲打残荷，则是知音与知音的相遇，远方与远方的握手。枯荷，不是生命的残败和凋零，而是另一种生，是向死而生，是先死而后生，而雨，从遥远的天际落下来，专程赶来奔赴一场残荷的告别盛宴，在残荷的翩翩舞姿里，用滴答的声音，演绎出荷一生的美丽。一朵花、一片叶、一莲蓬，甚至一漂萍，点点滴滴，无不写意着荷的高洁与清雅。残荷、落雨的美在于回归，在于面对生命归去时的淡然和恬适，而绝非对四季流转的无奈和叹息。我想，黛玉在残荷中听雨，一定听懂了雨声，也听懂了残荷的心声。

花开花落，潮起潮退，之于自然万物是再寻常不过的事情，其实，人，何尝不是如此呢？那天，在去北京上方山的途中，我看到在华严洞里供奉着一尊肉身佛，听当值的尼姑讲，这尊肉身佛生前是五台山上的本如大师，在 2005 年于华严祖师洞圆寂坐缸，2009 年正月起缸时，大师坐禅如初，身体完好无损，皮肤弹性如常，成为我国华北地区近代第一尊全身舍利。本如大师已修成肉身佛，供后人敬仰和朝拜。本如大师的圆寂，是生命的回落与回归，他的生命在凡尘结束，却在另一个佛国诞生、递延和升华。可以说，大师的回归之美无异于寒塘里的枯荷，是轮回的必然，是使命的催生，也是一种无形力量的召唤。

夕阳落下，回归夜晚的宁静；花儿落下、果实落下，叶子也落下来，一棵树，不再慌张；尘埃落定，所有的故事都有了结局。夏花的绚烂彰显生机勃勃，秋叶的飘零预示禅意地回归。草木春秋，四季轮回，每一轮的循环往复，都是一个旧年的回落，也是另一个新年的诞生。我们允许清晨的露珠晶莹草尖，允许黄昏的夕阳将影子拉长；允许三月草长莺飞，也允许漫冬洗白念想。

不一定，每一个落体都能像山上的巨石一样发出震响，不一定，每个人都能像本如大师一样修成肉身佛。

那么，就做一枝安静的莲吧，零落成泥碾作尘，只有香如故。或者，就做树上的一片叶子，北风一吹，即宣告一生的使命结束，而飘落的那一刻，是壮观，是庄严，是绚丽，是涅槃，也是重生。

九九归一，也皈依。落，是回落，是抵达，是延伸，也是升华。世间万物，都要历经生死荼蘼，有的短暂如昙花一现，不死的是灵魂。生的意义不在于死，而在于过程的美丽和丰盈。可以说，任何存在既是载体，也是渡体，渡人渡己，渡日月渡星辰。所以，回落是必然的。落之美，在于生之瑰丽璀璨。一朵花，以其鲜艳和芬芳馥郁人间；一片叶，纳凉祛暑，才有了午后安静的时光；一滴雨，洗涤尘埃，喂养脚下干涸的大地……因为生之不凡，才会有归之壮美。落，不是死亡，而是回归，是另一种意义的诞生。

活着，是一个过程，生命只有活出自己的精彩，才会在归去的那一刻，安然恬适地面对自己和这个世界，才会做到“生如夏花之绚烂，死如秋叶之静美”。

那么，何必迟疑呢？头上的阳光，身边的清风，世界将山水荡漾给我们，不如撑一支长篙，朝着季节的深处，找寻更隆重的冬，更盛大的雪，更幽深的日子。

这么近，那么远

◆ 2021 ◆

病床上的春天 / 老屋身后的榆钱树 / 在平凡的日子里，遇见《平凡的世界》

病床上的春天

每年的花开时节，都会约定俗成地出去走走，到远远近近的山河，放飞沉眠了一个冬天的心情。

今年也不例外，早早地就做好了出行计划和旅游攻略。不巧的是，就在春分这一天，准确地说，是周六的午后，全家人一起逛公园，刚一下车就看到满目的桃花盛开，期盼已久的心终于有了着落。于是迫不及待地拿出手机，定格眼前这一帧帧绽放的瞬间。可就在我举着手机下台阶时却不小心踩空，造成严重的脚扭伤。这突如其来的事故，让我无心也无力再继续滞留此地，看花赏柳，一时成了这个春天的奢望。

好吧，别无选择，只能打道回府，果真是去也匆匆，回也匆匆。一路被家人搀扶着，强忍着疼痛，勉强回到家上了床，做冷敷处理，涂抹药物。一转身的功夫，我从一个漫步春天的游者变成卧榻上的病人，情何以堪？然而，又能如何呢？病来如山倒，之前听到的这句古语，现在看来一点都不夸张，我身体的这座小丘陵，瞬间被角落里隐藏的不知名的野兽袭击，它把我打倒，一路追击，摁在床上，动弹不得。

十恶不赦、大逆不道？一时间我想到了很多词，尽管它们和我不沾半点关系。难道我生来就是一个戴罪之身，要慢慢赎回并担下本该属于我的那部分？难道冥冥之中我注定要遭遇这小小的陷阱，没有早一步，也没有晚一步？

胡思乱想中，儿子早已把平时写作业时用的小课桌放到了我的床上，小桌子上不仅有女儿刚刚考好的蛋挞，连草莓、菠萝等水果也一并备齐，放了上来。孩子们何时长大了？那两个常常惹我生气的小屁孩子，何时变得如此懂事温顺了？我在心里暗笑自己没出息，竟也沦落到让他们照顾我的这一天。于是，眼泪不由自主地掉下来，此时，我想到的不仅是孩子们的儿时岁月，更多的是我敬爱的母亲，已经去世十七年的母亲，在临终前的四年多时间里，每日三餐都是在这样的小餐桌上进行，在病榻之上，拖着半身不遂的身体，时而清醒、时而糊涂地度过了她的余生，曾经那么要强和能干的母亲啊，也不得不委身于病魔。活着，是一件多么美好而艰难的事情，这期间，必然要经历很多，也要承受很多，来自身体之内或之外的，都要毫无选择地接纳，不管你愿不愿意，以及是否做好了准备。该来的、不该来的都会迎面走来，幸好，我学会了正身，且不惧风雨。

再过十几天就是清明节了，我不知自己的脚伤能否痊愈。每年的这个节气，我都会如期前往老家，在父母的坟前焚纸祷告，祈求父母亲天堂安好，祈求老人家也保佑我们平安喜乐。不管城市或乡村，每年的清明节，那些不能回家的游子，往往选择晚上人烟稀少的时候，寻一个僻静的十字路口，为故去的亲人焚纸祝福。生活中，人们在乎的不是仪式，更多的是求个心安。曾经多少次，我站在老家父母的坟前，看土丘上的苇草包裹着一团团黄纸在风中燃烧，火光中发出的噼噼啪啪的声响，多像岁月被无情地抽打，而多数人早已经忘记疼痛。

这个春天，我注定要在病榻上度过。既然吹不到十里春风，看不到四野八方的姹紫嫣红，我定要在卧床上搭建一树树花开。此时，孩子们已帮我找来多年前的一本本相册，在一枚枚泛黄的照片里，我细数着时光的蛛丝马迹，从春天到冬天，从花开到零落。当然，拿来最多的还是书籍，不乏之前看过的小说、散文、诗歌、人物传记等，那么多被我搁置的古书今书、大书小书，一时间在我的床上堆成了小山。仿佛多年未见的亲人，在时光的回廊里，款款走来，微笑着向我挥手，似乎在问：你还好吗？

龙应台的《目送》中有这样一段经典的字句，“我慢慢地、慢慢地了解到，所谓父女母子一场，只不过意味着，你和他的缘分就是今生今世不断地在目送他的背影渐行渐远。你站在小路的这一端，看着他逐渐消失在小路转弯的地方，而且，他用背影默默告诉你：不必追。”是啊，没有什么不同，父母之于我们，或者我们之于孩子，无一不是在一次次的目送中渐行渐远，直至背影消失，在小路的尽头。

著名佛学大师林清玄在《心的菩提》中写道：“比起沉默站立的菩提树，在宁静中的凤凰花是吵闹的，好像在山上开了花市。”“我们要全心来绽放，以花的姿态证明自己的存在。”我想问问自己：你可曾绽放过？哪怕只是昙花一现。大师禅意而智慧的语句，盈动着思想的光芒，相比之下，我们是何其卑微和渺小啊！

雪小禅的散文《岁月忽已晚》有过这样的生命感悟和素描：“人生到最后都是删繁就简去伪存真，去追求内心世界的坚定与完满，于敏感中找寻素朴，于脆弱中寻求寂静芬芳……”那么，何须叹息呢，当铅华洗尽，光阴若流水，安静且澄澈，眼前的岁月静好，又有什么不妥呢。

躺在床上，看着满屋的绿植，有的开花，有的吐蕊，有的厚积薄发，把含了一个冬天的气力全部喷涌而出。而离我最近的一株吊兰，直挺挺地把一枝茎伸到床侧，顶部已长出新的嫩芽，一些星星点点的小花若隐若现。而窗外，干枯的梧桐树枝旁，分明是绿意朦胧的柳条，时而静止，时而摇曳。“碧玉妆成一树高，万条垂下绿丝绦”，此时，北国的春天已悄然而至。

而我却不能远行，哪怕是去小城的周边踏青，都成了这个春天的空想。无缘这一季花开，无缘这一季山山水水，更无缘旅途上停泊的每一个驿站、深深浅浅的脚印、渐行渐远的旅人。然而，生命的春天永远都在，只要你肯驻足，就会有花香萦绕；只要你愿意抬头，总会有蓝天白云撑起远方的帆船。

山河依旧。春天在枝头，也在心里，在病床前的一粥一饭，也在我打开的每一本藏书和书写的每一笺诗稿里。它们是我眉间的山水，荡漾着轻轻暖暖的日子，也荡漾着这个世界一点一滴的爱和暖。

老屋身后的榆钱树

说起榆钱树，也许人们并不陌生，尤其在北方更为常见。榆钱树先长叶，再结果，榆树结出来的果我们把它叫作榆钱，因它薄而圆，顶部有凹缺，外观形状与铜钱很是相似，故取名“榆钱”。当榆钱树整树结满果实时，就像铜钱挂满枝头，所以我们也把它叫作“摇钱树”。

据说，榆钱树在风水学上也有很多讲究，比如，榆钱树种在房后，树越大越好，民间以房后有榆树为吉利的事情，寓意后代有余粮。并且在风水上可以做山使用，意为背后有靠山。

我很小的时候，大概刚刚有记忆，我家的老屋身后也有一棵高大粗壮的榆钱树，不知是祖辈找人看过风水刻意种在那里，还是风中传播的种子恰好落在房后自生自长，不管哪一种来历，自我出生后，房后的榆钱树就已经存在。春天里的榆钱树，说不上枝繁叶茂，因为它的叶子天生小巧，只记得，每年的三四月份一到，满树的榆钱你挨我挤，偌大的树顶宛若一张碧绿的盖头，将老屋的房顶罩住，一些挂满榆钱儿的枝条甚至伸到老屋的屋檐，垂下来，真真得美不胜收。那个时候听妈妈讲，如果老屋的院子里有一口水缸，如果这棵榆钱树的枝条能够映到缸里的水，那么老屋的后人必将大富大贵。记忆中，老屋的院子里确实有一口敦实的水缸，从那时起，我便怀着美好的憧憬，期待这一天的到来。可老屋毕竟过于陈旧，没过几年就被拓宽翻新，因为榆钱树碍事，不得已被砍掉，藏在我心里的这个小小期盼也随之落空。

但与榆钱树有关的故事，却伴随了我整个童年，在那个经济和文化都相对贫瘠的年代，成了我把玩和回味的一部分，长大后，才懂得这种情结叫乡愁。

每年的这个时候，老屋身后的榆钱树结满榆钱时，房前屋后甚至房顶都会被我们这群小孩子占领和包围。那时候，孩子们不像现在这样养得金贵，妈宝男妈宝女寸步不离家长，更缘于那时家里没有电视、手机等可供娱乐的电器和电子设备，街坊四邻的孩子凑在一起就可以玩上小半天，玩到尽兴时，甚至可以不吃饭不回家。不用说，老屋成了我们的聚集点，老屋身后的榆钱树，顺理成章地变成我们游戏的对象。个子高的占据着天然的优势，可以从墙头爬到屋顶上采摘榆钱，个子矮的就站在地上，高昂着小脑袋，指着高处的孩子叽叽喳喳地说和跳着，那羡慕的表情和跃跃欲试的神态，在一张张脸上写满天真和呆萌。那时，我们想得最多的不是摘榆钱，而是玩开心，比如，我们常用折下的枝条在屋顶上互殴，等到妈妈来喊回家时，我们手里的榆钱已经所剩无几，更多地被散落到地上，像我们随手弃掉的战利品，安静地铺展在房前屋后，直至风化变干，被卷入到某个角落，哪天的一场雨降下来，彻底零落成泥，即宣告一生的结束。

当然，每次被我们带回家的榆钱，妈妈们都会视若珍宝。在那个缺吃少穿的年代，榆钱是一道极美味的野菜。妈妈每次都是先把榆钱一朵一朵摘下来，沥过水，然后掺杂上金黄的玉米面，做成饼子、窝头，或者用铁锅打成薄而脆的烀饼（北方过去常见的食物，形状如圆底的锅），这些用榆钱做出来的美食，在那个年代，成了每家每户饭桌上的佳肴。尤其到了傍晚，炊烟升起又落下，一家人围坐在土炕上的方桌旁，一边吃着用榆钱做出来的美味，一边憧憬着日后的美好，一种简单而朴素的幸福感就会油然而生。那时的妈妈，总会喊着我的乳名，用手指轻轻捏几下我的脸蛋儿，笑着问我，以后长大嫁人了，会不会接她到家里住，来了会给她做什么吃。我也总是笑着敷衍，告诉妈妈说：我才不会嫁人，我要和妈妈在一起生活一辈子。

关于老屋身后的榆钱树，还有很多很多的故事，记得妈妈说得最多的，就是我小的时候极淘，常常从院子里的老墙爬上厢房，再从厢房爬到正房，所以那棵榆钱树的树顶，自然也不在话下，而那些居高临下的瞬间，我现在居然忘得一干二净，只有妈妈一直记得，直到她老人家去世。

长大后，离开家乡去异地求学、工作，在陌生的城市，见识了那么多名贵的树，巍峨壮观的、高大挺拔的、矮小秀美的等等不一而足，分别以自己独有的特色，装饰和美化着我们居住的城市，但它们的美，大多是被雕琢和修剪出来的，失去了应有的本真，无论你怎么看，都觉得做作、矫情，如同现在很多整形的女子，无论哪一种线雕和隆术，都掩盖不了美颜背后的虚假。而老屋身后的榆钱树，自由而任性地生长，它拒绝被雕刻，长成自己本来的样子，不趋附、不媚俗、不卑微、不张扬。它，以及儿时的我们一起度过的时光，是生命最初的美好和纯真。

时光荏苒，一晃儿几十年过去了，老屋连同它身后的榆钱树早已不见了踪影，可每年的三四月份，我还是会在走过的地方，有意无意地寻找着结满榆钱的树。也许因为榆树的经济价值不是很大，现在城里包括乡村种植的榆树越来越少，甚是罕见。前年的三月，我带孩子去小城周边的大清河游玩，竟然发现河堤上长着一棵矮小的榆钱树，仿佛发现新大陆一样，我停下车，冒着掉进河沟的危险，采摘了一些榆钱回家。学着小时候母亲用榆钱做美食的样子，我如法炮制，将榆钱洗净，掺杂好玉米面，并尝试着用电饼铛贴饼子，但和当年母亲用灶台上的铁锅做出的榆钱饼子相比，味道差了许多。我想说，老屋身后的榆钱树是属于母亲的，如今，他们都已离我远去，且一去不复返。每每念及于此，心中的怅然和失落感就会油然而生。

也许，苍天眷顾，或者是母亲的在天之灵护佑我。在我现在居住的小区里，我家楼下正对着窗户的位置，不偏不倚也有一棵榆钱树，尽管树干很细，枝丫稀疏，每年开春时节，它的枝条上都会结满郁郁葱葱的榆钱，我站在卧室的窗前，不费一点力气就能够一览无余。尤其在午后的风里，它摇曳的样子像极了母亲伸过来的手，这么近，又那么远……我在想，现在榆钱树如此稀缺，莫不是老屋身后的那一株穿越回来了？真的是念念不忘，必有回响吗？多么荒诞和离奇的想象啊，我有一万个理由对自己不屑。而在我内心，又是多么渴望它能回来，多么渴望再回到从前的老屋，与儿时的伙伴摘榆钱、捉迷藏，甚至带着满身的泥巴回家，依然被守在门外的小黄狗追着赶着，摇着尾巴舔裤角。

老屋、老树、老时光，早已变成记忆里一帧帧泛黄的片段。当年的玩伴，如今都去了哪里，过得好不好？愿你出走半生，归来仍是少年；愿你乡音未改，初心依旧，如老屋身后的榆钱树，亦如那些苍翠欲滴的日子，不染半点尘埃。

在平凡的日子里，遇见《平凡的世界》

走过小半生，读过的书很多，也很杂。其中一大部分，曾在当时带给我身心的愉悦，而日子久了，竟全然不记得书中所云，甚至连书名也一同淡忘。我想，这些渐渐淡出视线的书籍，就像生命里的匆匆过客，彼此来过，转身后即各奔东西。到底还是没有触及灵魂最柔软的部分，又何谈相知呢？直到那天，我遇见《平凡的世界》，竟有一种相见恨晚之感。

说来可笑，《平凡的世界》这部在20世纪90年代就已经风靡全国的名著，我竟然在去年的三月份才有幸读到。这是读初二的孩子老师为他们布置的寒假作业，是假期必读书目之一。因为作者是路遥，更因为在青春年少时看过路遥的小说《人生》改编的电影，所以尽管这部小说长达100多万字，我还是决意要一睹作家的风采，并坚持把它读完。当时，我的身体很坏，长期的办公室工作和业余写作，让我的颈椎早已不堪重负，加之肩周炎、腰椎间盘突出等职业病，搞得整个人非常颓废。如蚂蚁啃食，我每天读一点，终于在预定的时间内完成了整本书（三部）的阅读。

如同路遥老师写作时的投入一般，我在小说虚构的故事里游走，不忍释卷。《平凡的世界》时间跨度从1975年到1985年，全景式地展现了中国近十年间城乡社会生活的巨大历史性变迁。这期间，我年龄尚小，但故事依托的整个社会背景以及存在的现状，像极了我的家乡，像极了我在那些年月里所经历的一切。不同的是我的家乡是华北平原，老家没有山，亦没有窑洞。小说主人公孙少安和孙少平所经历的一切，在当时的中国农村，曾经有成千上万的人同样经历过，也抉择过。而我想说，没有在当时的农村生活过的人，就不会有这么真切的感同身受，至少不会完全看清孙少安与孙少平这两个人物身上的时代印记，他们为生活默默地承受着苦难，而内心的隐忍、坚强和不屈，却也部分地改变了自身的命运，在他们的身上，我看到了父兄的影子，也看到了那个时代的影子。

年少时，我也曾在那样的生活状态下苦苦求学，当时的乡中学，就坐落在老家的小镇上，因为我土生土长在小镇，每天走读，中间需穿过三里的土路，早晚来回都是披星戴月，尤其是下了晚自习，路上没有灯，常常被地面上的砖头和石块绊倒，而方圆几十里的同学不得不住宿，那时宿舍里没有像样的床铺，而是用一摞摞砖块支起的清一色的木板，连在一起就成了简易床，到了冬天，室内没有取暖设施，晚上临睡前接在水盆里的水，第二天早上就冻成厚厚的冰，所以连续几天不洗脸的日子也时有出现。尽管那时每周两块钱就可以解决一周的伙食费，而有些家境困难的同学，在实在撑不下去的时候，依然会选择中途退学，回到家里帮助父母种田过日子。那个时候，我的大哥已经成家立业，二哥也已从部队转业，姐姐一心想把家里日子过好，初中毕业后没有选择再读，只有我，怀揣着瘦弱和渺茫的梦想，在那些没白天没黑天的日子里苦苦挨着。说实话，我当时根本不知道什么叫理想，只是一心想着考上大学，摆脱田里的镰刀和锄头，不再像父兄一样一辈子面朝黄土背朝天。这中间经历的曲折是超乎想象的，而我想说自己依然是幸运的 ，至少比《平凡的世界》里的孙少安和孙少平幸运，因为我走了出来。至今我还记得，我的大学录取通知书是年过半百的班主任老师亲自给我送到家的，据家里人讲，老师那天骑着一辆破旧的自行车。因为当时我在田里除草，竟然不能亲自对老师说声谢谢，现在想起来都觉得内疚。大学临开学的几天前，乡亲们轮流请我吃饭，尽管都是平时的家常便饭，可我看得出来，亲人们乃至一个村子的人都为我骄傲。

也许是巧合，前段时间，我收到一位朋友寄来的书，正是路遥的《早晨从中午开始》，这是路遥在去世前躺在医院的病床上为《平凡的世界》而写的创作随笔，记录了他在创作《平凡的世界》过程中的生活经历、思想经历和感情经历。路遥的创作生活中几乎没有过真正的早晨，他的早晨都是从中午开始的，因为创作这部小说，他每天都要熬到凌晨两三点，甚至天亮，困了就吸一支烟或冲一杯咖啡，人们早晨开始上班，他的工作却刚刚结束。十年磨一剑，路遥用十年的青春和心血为我们留下了这部鸿篇巨制，可惜，他去世时年仅42岁。

在《平凡的世界》里，我遇见了孙少安、孙少平，遇见了老家的乡亲，也遇见了年轻时的自己。那个时候，我也曾无数次抱怨，为自己鸣不平。为什么我的父母不是教师，不是乡里或村里的干部，不是部队的军官，也不是城里的上班族，而我的同桌、好朋友们却可以凭借父母的工人或干部身份以及非农业户口，念到初中没毕业，就能理直气壮地去某某银行、供销社、税务局就业，就可以轻而易举地拿到非农业户口和粮本，而我却要在万人过独木桥一样的高考应试中，等待命运的摆渡。值得自豪的是，我一直没有放弃求索，终于凭借自己的不懈努力和拼搏，考上了理想的大学。

这些年，我也曾写过很多关于那些年月的文字，有诗歌，也有散文，多是溢美之词，出于种种原因，很少触及那段青葱且艰难的日子，而《平凡的世界》还原了我年少的时光，缝合了我一直裸露的伤口，它唤醒的不只是我一个人的记忆，也是一代人或几代人的记忆。还好，时不负我，让我在开始回望的年龄遇见《平凡的世界》，遇见路遥，也遇见曾经的自己。“世界以痛吻我，我却报之以歌”，一直喜欢泰戈尔的这句名言。平凡的世界里，我们一样可以不平凡地活着，做最好的自己，过好生命的每一天。

匆匆，太匆匆

——代《一剪风烟》后记

这个世界，跑得最快的，永远是时间。前一分钟，你还在和友人对饮，畅谈一杯茶里的人生，转身就各奔东西，或许此生再也无缘相见；前一秒，你还在屏息凝神地看窗外的一只鸟，而它瞬间就飞离了你的视线，变得无影无踪。“人不能第二次踏进同一条河流”，叹人生匆匆，时间无法复制，很多东西更是无法掌控。这无关哲学，在我看来，它是一个纯时间意义上的问题。是的，站在时间的角度观世界、看人生、再反思自己，就会淡泊很多。

写作之于我，或许是圆梦，或许是追求，或许只是一种释放。生活需要简单、轻松，也需要本真，需要学会在繁而重的世事里偶尔抽身或“逃离”。出世和入世是灵魂存在的两种状态，缺一不可，而文字恰恰给了我一个上好的去处，在这里，上至蓝天白云、下至草木泥沙，我一路拾捡，也在不停地丢失，却也享受着这种追逐的乐趣。

文字的世界是寂寞的，而我却愈发停不下来，且越陷越深。近几年来，身体的隐疾一次次向我发出危险信号，每次草草应对之后，反而比之前更加疯狂地投入进来。人们常说，明天和意外，不知哪一个会提前到来，我非圣人，安能幸免？所以，在有限的几十年时间里，做自己喜欢的事，并尽最大努力做好，才是对生命的不负。发肤授之于父母，只有不辜负，才是对生活最好的感恩，对亲人最高的告慰。我想，我已经不再属于自己。一个人，如果把身心完全置入一种无人和忘我的状态，是非常可怕的，因为你接纳了一种形式的人生，势必会失去另一种。更多的时候，你拒绝的不仅是亲人、朋友递过来的关切和问询，而是斩断了你赖以生存的一张网，你会变得与这个世界脱节，甚至格格不入，但又能如何呢？生命向来孤独，而我选择了文字，文字也选择了我，从某种意义上来说，我们是彼此的空气、阳光和水。前方的路千万条，我却封锁了每一个交叉的路口，选择在文字这条狭隘逼仄却又海阔天空的道路上一意孤行，越走越远，歌着、唱着，也沉默着。

有时，沉默是你向这个世界宣战的最有力的武器。世界将山水荡漾给我们，而生活涉猎的脚下，也常常铺满荆棘。有时，笑是比哭更艰难的事情。面对山水流转，我们沉默；面对花开花落，我们沉默；面对聚散离别，我们更加沉默……更多的时候，我们选择三缄其口，无非更愿意相信，沉默是最具震撼力和杀伤力的语言；沉默是倾听，是绽放，是涅槃，是最大的生死。

太阳每天都是新的，月亮也是。一花一世界，每个生命的延展，都会带给我们不一样的欣喜和感动。花是一枝禅，万物生灵，又何尝不是呢？我常常站在雨后的天空下，看一只蜗牛努力地攀墙而上，有时也会在深夜醒来后，悄悄打开灯，看鱼缸里的一群鱼安静地沉在水底的样子。此时此刻，我敲下的这些字符，经我的手指复活，他们是那么富有生命力，传递着我内心深处的声音。

沉默地倾听，或者安静地书写，在很大程度上，已经成了我生活的写真。多年来，我已经习惯将生活的悲喜按进胸膛，它们时而化成火焰，从我的第二颗纽扣一直烧到另一个有风的城市，时而化成小鸟，在秋天的晒场上，不紧不慢地啄食。当然，有时，它们只是我头顶的星辰，以无边的浩瀚对峙我内心的汹涌。

再大的雨也会落下来，而我喜欢收集雨后的彩虹，在带着泥土腥味的空气里，大口地吸吮远方漫过来的栀子花香。撑开一把伞，我为自己架起一个天空，跃上一只船，生活就有了诗和远方。九九归一，日子终究只是天空下的一剪风烟。爱极了“大漠孤烟”这个词，多少次，我幻想着，在边塞大漠之上，在若有若无的驼铃声里，一个人面对南来北往的风，在诗人笔下的“长河落日”里，怀古吟今，有所思或不思，只要孤烟直，只求落日圆，此情此景，浓缩了多少人间悲欢与无奈。如果可以选择，如果一定要我选择，此生最倾心之物，当是天空下的一剪风烟，这是大自然赋予我的最好的礼物，也是生命最高的馈赠。风无言，道尽世间种种，烟缥缈，成全所有的结局。世间的每一个瞬间，都逃不过风的眼睛，那么，何须多言，化身一剪孤烟吧，在黄昏落日之下，安静地盘点所有经过的美好，无需铭记，也无需遗忘。

一晃儿，几十年过去，已经走过了小半生。很小的时候，妈妈就找人给我算命，说我一生六亲无靠。那个时候，我不懂命理，这么多年过去了，我依然不懂，反而更加迷惑。只知道，在该学的时候苦学，该打拼的年龄丝毫不敢懈怠。生活没有负我，一直都没有。半生的时间，我没有积下半点名利，这些所谓的“荣耀”注定不属于我。除了几次搬家一直都舍不得丢弃的一箱书信，被一枚锈迹斑斑的小锁尘封了几十年，除了若干本厚厚的相册，塞满房间的大小抽屉和柜子，除了书架上琳琅满目的书籍，我不知还有什么真正属于我。

还好，平淡的日子里一直都有文字相伴，每当我需要的时候，轻轻一喊，它们就会跳出来，或者，只在心里一念，它们也会乖乖地跑出来，像蝴蝶一样飞满我的天空，因此，才有了这些日子里的断章。四季轮回、潮起潮落，我将这些细碎的瞬间记录下来，哪怕纷扰多于清宁、是非多于真相，都是我生命的一部分。面对过往，只想说：这个世界，我来过，真好！

此时，我坐在书房的一角，敲下这些杂乱无章的文字，在《昨夜星辰》的单曲循环里，一遍遍细数前尘，还是禁不住落下泪来。人，就是这样一个简单又复杂的动物，有情与无情、厚与寡、深与浅，都交给时间吧！“但愿昨日的星辰永不坠落，但愿今夜的星辰依然闪烁”。

此书收录了2016至2021年之间的数十篇散文和随笔，也是我第一部独立成册的散文集，大部分文字未经任何报刊和公众平台发表。感谢多年来一直鼓励和支持我的读者朋友们，感谢我的同学、资深媒体人孟兰云女士一路陪伴、并在百忙中为我作序，感谢出版社各位领导、老师的审核和指导！

刘艳芹

2021 年 3 月 28 日